JN079339

うらはぐさ風土記

Urahagusa
Fudoki

中島京子

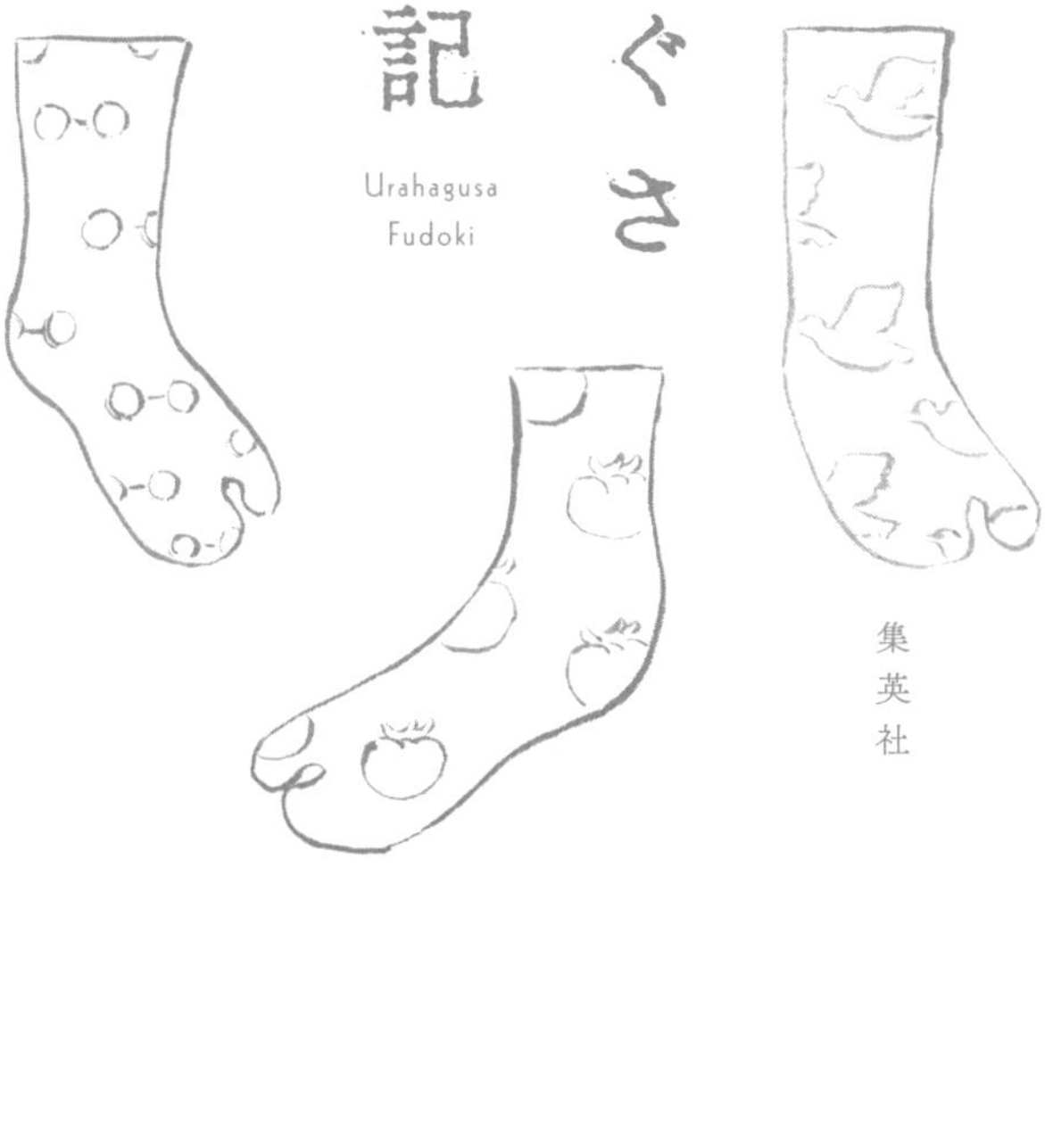

集英社

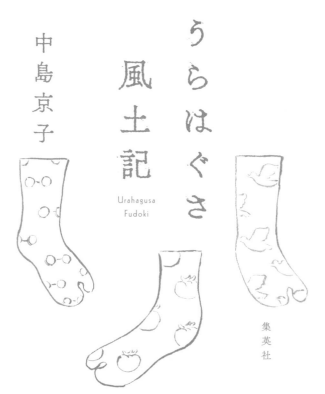

目次

うらはぐさ風土記

一　しのびよる胡瓜

玄関わきの、ほんの五十センチ四方ほどの土の上を、蔓性《つる》の植物が這《は》い、河童《かっぱ》の手のような葉を広げて黄色いつぼみをつけているのに、沙希《さき》は目を留めた。

「ねえ、これ、見て。伯父《おじ》さんが植えたのかな？」

「いや、そんなことないでしょ。うちのじいちゃん、二年前からいないから」

従兄《いとこ》の博満《ひろみつ》は地面を見もせずに答える。

「じゃ、どうしたの、これ。鳥が種を運んできた？」

怪訝《けげん》そうに振り返って、沙希の指さす先を見た博満は、はじめて驚いた顔をした。

「やあ、これは、胡瓜《きゅうり》か！」

「胡瓜だよ。実がなるのかな」

「わ、胡瓜だ。ここんとこ、ほら、花の付け根が膨らんでる」

さっきまで関心を持っていなかった博満は、なぜだか色めき立つようにして、胡瓜、胡瓜と連呼した。

「勝手に生えちゃったのかしら」

うねうねと地を這っている元気のいい植物を見ながら、支柱を立てたほうがいいのかしら、もしかしてネットもいるのかしらと、沙希は頭の中で自問した。

「いずれにしろ、収穫するのは沙希ちゃん、あなただよ」

博満の声音が、若干《じゃっかん》、妬ましそうな響きを持っているように思え、採れたら送るわよと言ってみたら、博満は頑固に首を横に振った。

「いらない」

「あら、そう？」

「食べ物を送られると、うちのがキリキリするんだよ。冷蔵庫に入らないとか、こんなに使いきれないとか」

そんなにたくさんは採れないと思うけどね、という言葉を沙希が呑《の》み込んでいると、鍵穴にキイをつっこみながら、博満は話を変えた。

「知ってる？　東京の空き家率は一〇パーセント超えてるらしい。八十万戸だったかな、空き家、すごい数だよ。うちもそのひとつなわけ。うち、というか、じいちゃんちね」

「なんで空けといたの。住まないなら貸すとか、売るとか」

「だって、持ち主、まだ、じいちゃんだもの」

「あ、そうか」

「頭のほうはさておき、体はまだ元気なんだもの。施設で、しっかりケアしてもらって、よく食べてんだもの。それなのに、じいちゃんのもの、勝手に売るわけにいかないでしょう。オレはローン組んで買ったマンションが名古屋にあるしさ。嫁も関西人だしさ。じいちゃんとこなんて、あんた、おそろしくて手がつけられないよ、整理のこと考えたら」

そう言ってから、博満はちょっと失敗したと思いなおしたらしく、咳払いのような妙な音を喉元で数回出してから、

「こないだも言ったけど、二年前までは住んでた家だから、その気になればちゃんと住めるよ。荷物は思い切って、払っちゃってほしい。じいちゃんは相談できる状態じゃないし、オレもあれよ、ちょっと仕事が立て込んでて。その気になれば、整理はそんなたいへんじゃないはず。業者をよんで、ざーっと持ってってもらうのもありだ。その場合、費用は折半で」

「亡くなったわけじゃないし、そうもいかないでしょう」

「だよね。そうなんだよ。だから、手がつけられないわけ。でも、沙希ちゃんが住んでくれるなら、暮らしやすいように片づけるのはとうぜんでしょう」

「伯父さんには、まだ会えないの?」

「そうだね。施設のコロナ対策が変わったって話は来てないから、面会は無理だね」

伯父というのは、沙希の母の姉の夫にあたる。電気技師をしていたが、八十を超えているから、かなり前から年金暮らしだったはずだ。

土地の人たちに「うらはぐさ」という古い地名で呼ばれるこのあたりは、沙希にとっては大学時代を過ごした場所にほど近い住宅地で、この家にもっとも頻繁に顔を出したのも、十代の終わりから二十代初めの、そのころになる。

あのころ伯父はまだ五十代で、後退した額の奥の、意外に黒い髪をいさぎよくオールバックにして、黒縁の眼鏡をかけていた。いつも派手な色のゴルフウェアみたいなものを着ていた伯父だったが、博満が見せてくれた「比較的最近の写真」の中の伯父は、カラー写真なのに枯れたような色の服ばかり着ている。

いま、家の中を案内してくれる博満のほうが、見た目はずっと「伯父」に近い。髪は整髪料でテカってはいないが、額が広くなっているわりに白髪はほとんどない。着ている服も水色のダボッとしたコットンシャツにベージュのハーフパンツで、伯父とはまったく趣味が違うらしいけれど、沙希は頭の中で赤いポロシャツにピタッとした白いズボンを着せてみて、血は争えないわ、と思うのだった。

水道、電気は使えるようになってる、ガスの開栓の立ち会いは先週来てすませておいたと、博満はテキパキと説明しながら、半透明のポリ袋にいらないものを、ぽいぽいと放り込む。そして、電話回線は必要なら再開させるけど、携帯電話を使うならいらないかなと思って。インターネットは好きなところと契約しなよ、とつけ加えた。

「こういうごちゃごちゃしたものは、捨ててかまわない。言っとくけど、プラスチックは燃えるゴミだから」

歯ブラシとコップを台所の流しからつまみ上げて、博満が言う。伯父は台所のシンクを洗面にも使っていたらしい。ものすごくだいじなことを伝えるという顔つきで、従兄は、沙希の鼻先に人差し指を立てつつ強調した。

「自治体のゴミ出しルール、ものすごくたいせつ。沙希ちゃんみたいに、海外が長い人はわかんないと思うから気をつけて。ここにカレンダーを貼っておいたから。じいちゃんのものではないよ、今年の最新版だから」

その指先を大きく旋回させ、伯父が食事も寝起きもしていた場所と思われる茶の間の壁の、いちばん目立つところにある、「ゴミ出しカレンダー」を指し示す。

この家で、唯一真新しいものが「ゴミ出しカレンダー」であるらしい。

「いかんよ、バカにしては。日本で『多文化共生』つったら、外国人にゴミ出しルール教えることだから。ほんとだから」

多文化共生。

マルティカルチュラル・シンバイオシス。

沙希は瞬時に直訳して思い浮かべたが、それと「ゴミ出しルール」がまったく結びつかなくて、不安な気持ちになってくる。

たしかに博満の言うとおり、「プラの日」と呼ばれている、プラスチック製容器包装ゴミを出す日に、プラスチック製のコップや歯ブラシを出せないのは、ものすごくトリッキーだ、と沙希も感じる。CD、DVDは可燃ゴミ。プラスチック製容器包装でも汚れが取れないものは可燃ゴミ――。

多文化共生とどう関係するのかはわからないが、ルールを覚えるのがたいへんであることは間違いなさそうだ。

「家具も使いたくないのは、とっとかなくていいよ、価値のあるもんじゃないから。じいちゃんの私物は段ボールに入れて、二階に運ぼう」

可燃ゴミを半透明袋に入れる作業は一段落したらしく、まめな博満は、置いてあった段ボールをパンと広げて箱を作る。

沙希は何をしたらいいのかわからず、おたおたと従兄のあとをついてまわる。

「こっちの、鏡台のある畳の部屋は、おふくろが死んでから、ほとんど使ってなかったから、ここ、沙希ちゃんの寝る部屋にしたらいいんじゃないかなあ」

茶の間とは襖《ふすま》で仕切られている隣の部屋に案内された。

がらんとした部屋に、古い三面鏡と、布団が一組置かれている。三面鏡は伯母のものだ。陽気な明るい人だったけれど、早くに亡くなった。

鏡の前で、伯母が涼し気な絽《ろ》の着物に鉄線の模様の帯を締めている姿を思い浮かべる。あの着物はもう払ってしまったんだろうか。簞笥《たんす》もないところをみると、もうこの家にあるとは思えない。伯母が亡くなったとき、自分はもう海外にいて、葬儀には出られなかった。博満は結婚したばかりのころか。あのときから部屋を使っていないとなると、三十年近くは、空き部屋だったということになるのか。

「布団はね、先週、一応干したんだけど、じいちゃんのじゃ嫌だろう。沙希ちゃん、新しいのを買いなよ。こういうのはみんな、粗大ゴミとして出すか、家具なんかといっしょに不用品回収業者に頼むかだな」

「ありがとね、いろいろ」

「粗大ゴミのことは、わかってる?」

博満は汗でくもった眼鏡をはずし、シャツの裾でこすってから、もう一度かけた。

「自治体のホームページ見てネット予約ね。だいたい一ヶ月待ちだから、いま。期日までにコンビニで粗大ゴミ処理券を買う」

博満、あんがい、細かい奴《やつ》だなと、思う。このままいくと、A券がどうのB券がどうのと、粗大ゴミ処理券の説明まではじめそうだ。

「任せてもらえるなら、ゴミ出しは、わたしがやる。母のマンションを片づけたから、だいたいわかってるよ。費用もぜんぶ出す。せめてそれくらいは。ひろみっちゃんが取っておきたいものだけ、今日、確認してもらえたら」

ない、ない、ない、ない。

博満は眉間に皺《しわ》を寄せ、顔の前で手をぷるぷる振った。

「愛着のある家具とか、小物とか、ないの？」

「ない。取っときたいもの、ない。まあ、あるとすれば、子どものときのアルバムの写真が何枚かってとこだと思うけど、それも、いま、見るのはたいへんだから、二階に置いといて。退職後にでも、勇気を奮い起こしてやるからさ」

すでに五十代も半ばを過ぎた博満にとって、「退職後」というのはそんなに先ではないのだろうが、それでもなにかを先延ばしする理由にはなるらしい。

沙希の知っていた五歳年上のお兄ちゃんというより、伯父そのものになり果てた従兄は、額に汗をかきながら、せっせと段ボール箱に伯父の蔵書や碁盤や碁石、服だ、眼鏡だ、文房具だといった身の回り品をつめて、二階の部屋に運んでくれた。

二階には、すでに物でいっぱいの納戸のほかに、板張り床の小さな部屋があり、そこが「じいちゃんの私物」の居室らしかったが、沙希の記憶では、かつては博満自身の部屋だったはずだ。

「だけどオレ、ここにあんまり暮らしてないんだよね。じいちゃんがここ建てたの、オレが中三のときで、大学からあっちだから。帰省すると寝るのがここってことになってたけど、あんまり来てないの。結婚して子どもができてからは、東京来てもホテルだし」

博満の部屋は、沙希が大学生のころはすでに空き部屋だったから、サークル仲間と夜中まで飲んでいて、終電を逃して泊まりに来たこともあったのを思い出した。

「子どものころの思い出は、その前に住んでた団地のほうがあるんだ。沙希ちゃんも遊びに来たことあったよね」

「あ、そうね。小さいとき。小学生くらいかなあ」

「あそこ、もう、ないんだよ」

「え？　ないの？」

「うん。道路作るとかで、なくなった。もう十年以上前ね」

博満とは、とくに仲がいいわけでもなかったから、こんなに長く話すのも久しぶりだった。ひょっとするとそれこそ、四十年ぶりくらいかもしれない。

ゴルフウェアの伯父が登場したように、頭の中のスクリーンには、半ズボンの少年があらわれた。

ひろみっちゃん、というのは、夏休みの一日、蟬《せみ》を捕るためと言って、団地と、隣接した乳酸飲料の会社の研究所だかなんだかを隔てるコンクリート塀の上を歩いて、よろめいて墜落し、前歯を折ったお兄ちゃんの呼び名だ。

ひととおり、伯父の荷物を運び終わると、それじゃ悪いけどオレ失礼するわ、明日早いんで、なるべく早めの新幹線で帰らなきゃなの、と、そんなに悪そうでもなく、博満は言った。

ただし、玄関で靴ベラを使ってよく履きこんだデッキシューズに足をつっこみ、帰り支度を整えると、かなり真剣な顔つきになった。

「正直、ホッとしてる。このまま空き家にしとくしかないと思ってたから、そのうち近所から苦情が出やしないか心配してたんだ」

「お家賃の振込先とかはさ」

と、沙希が質問するのを遮るように、博満は小刻みにうなずいて、

「固定資産税分くらいを払ってくれれば、うちとしては助かるし、沙希ちゃんにもそんなに負担ではないと思う。メールする」

と、早口で言った。

せかせかと帰って行く従兄を見送って、沙希はようやく一息つき、「沙希ちゃんの寝る部屋」と指定された六畳間にぺたんと腰を下ろした。

障子を開けると廊下の向こうのガラス戸の先には庭がある。南隣との境界を仕切るブロック塀までの、一間半四方ほどのスペースだが、生活空間に土があるのはホッとした。つつじの灌木《かんぼく》のほかには、どくだみやらなにやら、沙希には名前のわからない植物がもさもさと生えていて、苔《こけ》だらけの柿の木が一本立っている。その木が柿であることがわかったのは、かろうじて、その木と丸い実が記憶にあったからだ。

こんなに苔が生えていただろうか、やはり柿の木も年を取ったのだろうかと、ぼんやり眺めていたら、青い柿の葉から、ぽつん、ぽつんと、水滴が落ち始め、ほどなく、ざぁーっと

豪快な音に変わった。

「夕立」という言葉を、ずいぶん久しぶりに頭に思い浮かべたが、「夕」と呼ぶには少し早い時間帯だ。大学卒業の年に渡米した沙希にとって、三十年ぶりの、東京暮らしの始まりだった。

「うらはぐさ」というのは、この土地がイネ科の植物「うらはぐさ」のなびく武蔵野《むさしの》の一角だったことを伝える地名だ。いつごろまでそれがほんとうに地名として使われていたのか、沙希はよく知らない。「うらはぐさ」が「ふうちそう」とも呼ばれ、「風知草」と書くことも、知ったのは学生時代だった。沙希が通った大学は、キャンパスに武蔵野の面影を残す、「うらはぐさ」の地にあったから。

もう二十年近く、カリフォルニア州の私立大学で日本語を教えてきたのだが、秋からはその「うらはぐさ」にある母校で、教員をすることが決まっている。とりあえず任期は二年間で、行き当たりばったりの決断の先を、沙希はあまり考えていなかった。

滞米生活三十年のうちで、もっとも真剣に永住帰国を考えたのは、父が他界して母が一人になったときだ。ただ、そのときは、ようやく准教授に昇進したばかりだったし、母も元気だったから、帰らなかった。

逆に、十年前に母親が亡くなったときは、帰る場所としての日本を失ったように感じた。

母の遺《のこ》したものの整理をつけてアメリカに戻り、それ以来、日本に「行く」ことはあっても、「帰る」といえばアメリカだという意識でいた。

それなのに、こんなことになってるよ。

柿の木のまわりに小さな水たまりを作り始めた雨の庭を見つめながら、沙希は頭の片隅に「不実なバート」という言葉を思い浮かべた。「不実なバート」。

沙希の日本語の個人レッスンの生徒に、アリソンさんという初老の女性がいて、勉強熱心な彼女は、日本語の小説なども読む上級者で、ときどき、その読書体験から身につけた語彙の豊富さで沙希を驚かせるのだった。

「バートは不実です」

ふじつ。

沙希は邪念を追い払うために、ぷるん、ぷるんと、頭を横に振った。帰国の理由は、バートの不実のせいではない。「不実なバート」によって、人生のもっとも大きな選択の一つをさせられたわけではない。

帰国を決めた理由は別にあるのだと、沙希は、雨に打たれている庭の柿の木に向かって説明するような気持ちになった。

沙希が勤務していた私立大学が、全米的な人文系の不人気にあおられて日本語学科を閉鎖してしまったのだった。十年前にせっかく終身雇用が保障された職を得たというのに、まさか職場じたいが消滅するとは思ってもみなかった。人文系学科の危機は、常々ささやかれてはいたが。

それでも、非常勤講師の口を見つけ、個人教授の仕事なども増やして糊口《ここう》をしのいでいたのだが、人生はそんなときにかぎって、まったく別の方向からも攻撃を加えてくる。

あの、バートが。まさかの。

雨は小止《こや》みになって、雲の間から青い空が顔を出した。

庭には明るい光が射してきて、柿の葉は思ったよりずっとみずみずしい緑色の葉裏を見せる。小さいといえども、庭はいい。何も劇的なことが起こるわけではないのに、日がな一日、眺めていられる場所が、庭というものである。ある意味、劇的なことは、まもなくしてこの庭を舞台に起こったのではあるが。

沙希は窓を開け、小さな伸びをした。やはり、住む家があるというのはありがたい。幸い、律儀な従兄が用意しておいてくれた布団もあるのだから、寝るには困らない。新しい勤め先で仕事が始まるのはまだひと月も先のことで、いそいで準備しなければならないことはない。

時差ぼけのせいか眠くなってきた沙希は、畳の上に寝転んだ。

まどろむというほどではないが、右腕を目に当てて日差しを遮り、体をラクにして沙希はつらつらと考え続ける。

ご縁というしかないわ。

大学での常勤の仕事を失ったとき、日本に戻るという選択肢が頭に浮かばないことはなかったのだが、そうした場合、日本に接点も関心もないバートが沙希と行動を共にするとは思えなかったので、その時点では現実味は感じられなかったのだった。

バートとの同居を解消して間もなく、日本行きの仕事のオファーは天から降ったようにやってきた。なにか必然的なものが、この決定には関係しているような気がして、沙希はそれに飛びついた。

そもそも、卒業してからなんの接点もなくなっていた大学と縁ができたのは、コロナ前の夏にさかのぼる。

一般向けの夏期講座を企画していた大学が、演劇ワークショップの形で外国人に日本語を教える方法をレクチャーしてほしいと、知人を通じて依頼してきたのだった。

夏の一ヶ月半、全六回の講座で、受講生は二十人のみ。日本語の先生やボランティア活動をしている人が多いのかと思いきや、蓋を開けてみると高校生や大学生から、暇を持て余した退職後のおじさんまでいて、バラエティに富んだ面々とワークショップをやってみるのはとても楽しかった。

沙希は、しばらくワークショップ参加者のゆかいなエピソードを脳裏に浮かべては、思い出し笑いなどしていたが、あれこれ記憶を手繰り寄せているうちに、別のことも記憶の底から立ち上ってきて、眉間にはいつのまにか皺が寄った。

その一ヶ月半と、講座終了後の京都旅行を含めた二ヶ月間の不在の間に、バートは。

たった二ヶ月ばかりの不在のせいで。

アメリカに帰ってすぐには、変化に気づかなかった。ところがコロナが始まって、ステイ・アット・ホームが推奨されるようになると、だんだんと、バートの様子がおかしくなっていったのだった。

「犬を飼いたい」

と、言い出したとき、すぐに気づいてもよかった。

八歳年下のバートは地元のスポーツジムでインストラクターをしていたが、生き物に対してそれまでなんの興味も示したことはなかった。それなのに、保護センターからラブラドールレトリーバーを引き取ってきて、「メープル」という名前をつけて、なにかにとりつかれたように熱心に散歩に連れ出すようになった。

妙に楽しそうだから、いっしょに行こうかなと言うと、コロナ下では、人はかならず六フィート離れて歩かねばならないから、たとえ同じ時間に外へ出かけても、「いっしょ」というわけにはいかないと言い張る。たまには自分が犬を連れて出たいと言ってみると、

「メープルはぼくの運動のために飼ったんだ、なんならきみのためにもう一匹飼う？」

と妙な答えを返す。

かわいそうなメープル。散歩はいつも、たいした距離ではなく、待ち時間ばかり長かった

に違いない。相手はワンブロック先に住んでいる、スポーツジムの利用客だったんだから。

考えるだけでも不愉快なことだが、六フィートではなく五十フィートくらい離れて「散歩」したところ、簡単に判明した。こうして八年半の結婚生活は終わりを告げた。

ともあれ、あの夏期講座を引き受けなければ、いまの仕事が舞い込むこともなかったわけで、これはあれよ、と沙希は回想をストップして、前向きな思考を呼び戻そうとする。

「禍福はあざなえる縄のごとしってやつ」

帰国が禍《わざわい》となるか福となるかは、まだわからなかったが。

雨が上がると、蒸してきた。

日本の夏がしっとりと湿度が高く、とくに土や木のある場所では、蚊がそこらじゅう飛び回るものだということを、沙希はうっかり忘れていた。ぷぅーんという音が耳元でするたびに頭や手を振り回し、蚊よけスプレーを忘れた我が身を呪った。

大急ぎで窓を閉め、敵との間合いを詰める剣豪のような集中力で、蚊の機先を制し、ばしんとやっつける。狭い部屋に三匹も入っていたのを、次々と叩き潰したあとで、しかし、なんという暑さかとげんなりして、隣の部屋から扇風機を移動させた。空調は壊れていると、博満は言った。

「取り換えたほうがいいかなあ、もう耐久年数過ぎてるでしょう。費用は折半で」

えー、扇風機あるから、いいよお。

と、言ってしまったことも、呪う羽目になった。やはり、ここは博満に交渉せねば、自分のポットローストが出来上がってしまいかねない。

冷凍庫から保冷剤を取り出して、タオルに包んで首の後ろに当てた。そうしてさらに、扇風機に当たると、少し、暑さがしのげるというのは、そういえば三年前に日本に来たときに、ワークショップの受講生に教えてもらったのだった。

冷やしておいたペットボトルの麦茶をゴクゴク飲んで、ふう、と、沙希はため息をつき、扇風機の首の位置を調節して、もう一度、畳の上にごろりと横になる。じっとしていれば、耐えられなくはない。

沙希はまた、目をつむった。

日本の夏の蒸し暑さに対する認識が甘くなっていたのは否めないが、こうして帰国してみると、ありとあらゆる方面に対して、なんとなく自分の認識がズレているように感じる。

三年前にワークショップのために母校の女子大を訪れたとき、なつかしい、という感慨がほとんどわかなかったことが少しさびしかった。この二十年ほどで東京が激変してしまったことと無縁ではないに違いない。大学通りには、おしゃれなカフェやレストランがオープンしていたし、そうした店は、それぞれ魅力的ではあったが、沙希の若いころ知っていた光景とはひどく違った。キャンパスの建物も、多くは、ずっと硬質でモダンなものに変わっており、常にもうもうと煙をくゆらせていたＪＲの駅前の焼き鳥屋までが、シックに建て替えられていたのも驚きだった。

こんどは、世界を席捲《せっけん》したウイルス禍後となるわけだから、それらの店だって、生き残っているのかどうか定かではない。あらゆる意味で、東京は変化が速すぎる。

浦島太郎、という固有名詞が脳裏に何度も浮かんだ。

これはなかなか、ほかの言語では表現しにくい。リップ・ヴァン・ウィンクルでは代用できない、もの悲しさと滑稽さがある。

浦島花子。浦島沙希。

こう蒸し暑いと、夕立が上がれば涼しくなるというのも、思い込みか、古い常識かなにかであるようにも感じられてきた。暑さじたいが、昔とは質の違うもののようである。

ともあれ、首に保冷剤を当てて扇風機の風に吹かれているうち、少しずつ落ち着きを取り戻してきたので、そろそろ夕食の買い物にでも出るかと考えて、むくりと体を起こす。

そして次の瞬間に、

「ギャッ！」

と声を上げ、首に巻いていた保冷剤をタオルごと窓に向かって投げつけた。

バン！　と、強烈な音がした。

庭に男が一人立っていたのだ。

沙希が保冷剤を投げつけても、男は悠然と動じる様子も見せず、窓越しになにやら話し始めた。沙希は大声で、こんなところでなにしてるの、不法侵入ですよ、警察呼ぶからね、と怒鳴ったが、向こうは、ドアを開けて出て来いよ、みたいなジェスチャーすらしている。

不審者が庭に入り込んで、しかも去らない。頭はだいじょうぶなのか。

にわかにおそろしくなった沙希は、すごい勢いで障子を閉めきり、震える手で一一〇番に電話した。ほどなくして、警察がやってきた。その間、十分くらいはあっただろうか。

それでも、十分もあれば、まともな不審者（というのが存在するとして）なら逃げるはずだという気がしなくもなかったのだが、ほぼ腰を抜かした状態で動くこともままならず、いなくなったかどうかをたしかめる勇気もない。

警察官が二人やってきて、玄関先で沙希に事情を聞き、部屋を突っ切って障子を開けた先に、男が座り込んでいるのを発見したときは、不審者としてもさらに不審な行動をとっているとしか思えず、沙希は再び、ギャッと叫び、博満が用意していった布団セットのいちばんうえに畳まれていたタオルケットを頭からかぶって震えるようなことになったのだった。

そういうわけで、警察官二人が庭に出て男に話しかけ、なにやら会話を続け、一人があちこちに電話をかけて確認作業のようなものを行っている間、ずっと畳の部屋で扇風機にあおられたまま、放心して座り込んでいた。

日本は安全な国ではなかったのか。その常識すら、自分が母国を離れている間に変わってしまったのか。日本はすっかり変わってしまったのか。

頭の中で、ぐるぐるぐるぐる同じことを考え続けている沙希のほうへ、警察官が人のよさそうな笑みを浮かべて近寄って来た。

「まあ、まあ、まあ、気にすることはないですよ」

と、その警察官は、言った。

「こういうことは、あります」

もう一人も、そんなふうに言う。

「誤解がとけてよかった」

「では、こちらで、失礼します」

家の前からパトカーが走り去る。

誤解？

気にすることはない？

こういうことは、ある？

ぺたんこ座りでタオルケットを握る五十二歳の女が、いまだに庭からいなくならない男の背中を据わった目で凝視していると、畳に放り出してあったスマートフォンが振動し、「ひろみっちゃん」という文字と人のマークが光った。沙希は大慌てでそれをつかんだ。

「ひろみっちゃん？　あのね、あのね、庭にね」

「うん、いま、いろんなところから電話あった。その人、じいちゃんの友だちで、秋葉原《あきはばら》さんていうの。庭の手入れしに来てくれたみたい」

「庭の、手入れ？」

「なにしろ、じいちゃんの友だち。秋葉原さん」

「伯父さんの？」

「いつ来るかわかってれば伝えといたんだけど、ふらっと好きなときに来てやってるみたいなんだよ、じいちゃんが家にいたときから」

「二年前から？」

「もっと前からだろう」

「だって、伯父さん、認知症でコミュニケーションが難しいんじゃないの？」

「だから、そうなる前からなんじゃないの？」

「だけど、難しくなったわけでしょ。それ以後も、家に勝手に入ってくるって、それは、危険なんじゃないの」

「危険はないんだよね。じいちゃんがいなくなってからは、庭しか入らないし、手入れしてくれてるだけだし」

そう言う博満の声が遠くなったり近くなったりするのは、どうも場所を移動しているからのようである。落ち着ける場所にたどり着いたのか、しっかりした、しかし、どちらかといえば小声で、博満はつけくわえた。

「庭っていっても猫の額だけどさ、正直、ほっとくと雑草がボーボー生えて、たいへんなわけね。あの人、雑草を抜いてくれるだけじゃなくて、植木の剪定《せんてい》までやってくれるんだよね。しかも、友だちだからって、善意で」

善意で、と、比較的大きな声で言ってから、

「つまり、タダで」

と、博満は小さい声で追加した。

「でも」

と、言いかけた沙希の反論を封じるように、きっぱりと従兄は釘を刺した。

「とにかく、善意で来てくれてる友だちなんだってば。警察なんか、呼ばれちゃ困るんだ。今回は事情を知らなかったってことでなんとかなるけど、二度とやらないでよ。友だちだし、タダなんだからね」

沙希は通話を切って口をとがらせ、庭をしゃがみ姿勢で移動する男の白髪頭を見る。Tシャツにベージュのワークパンツ、軍手に顎マスクの男は、これでそろそろ三十分近くこの家の庭にいるけれど、たしかに「庭しか入らないし、手入れしてくれてるだけ」と言われれば、そのようではあるのだった。

とすると、あれか。

自分は、ほんとうに、伯父の友人を警察に突き出そうとしたのか。

すぅっと汗が引いていくのを感じた沙希は、ぺたんこ座りを、まず正座に変更した。

それから、立ち上がって台所に行き、ガラスのコップを一つ取り出して、冷蔵庫に入れておいたペットボトルの麦茶を注ぎ、お盆に載せる。

台所にあった蚊取り線香に火をつけて麦茶のお盆とともに南側の廊下に運び、扇風機の位置も移動させて窓を開けた。

「秋葉原さん」

ほんとうに、そんな、電気街みたいな名前なんだろうかと、どぎまぎしながら声をかけると、男は振り向いて立ち上がった。

秋葉原さんは、白髪まじりというよりは、黒髪まじりのグレーヘアで、全体的になんとなくくたびれた雰囲気があったが、二重の目の奥の瞳は色が薄く、くっきりした眉をしていて、こんなにくたびれていなければ、役者をしていると聞いても信じられるような端整な顔立ちをしていた。

髪を見ると高齢に見えるのだが、顔が若い。いきなり年齢を聞くのも失礼だし、まずは伯父との関係などをさりげなく聞くのがいいのではないかと、もじもじ考えていると、秋葉原さんは腰の手ぬぐいで額や首の汗をぬぐい、縁側がわりの廊下にちょっと腰をあずけて、一礼してから麦茶のコップを手にとった。

「そこに生えているのが、うらはぐさですよ」

秋葉原さんは、麦茶で喉を潤すと、そう言った。

秋葉原さんの視線は、長い、黄緑色の葉の中央に濃い緑の線が入った植物に注がれていた。

「うらはぐさって、このあたりの昔の地名の？　ほんとに生えてるんですね！」

とりあえず、会話が成立しそうなことにホッとして、沙希は必要以上に感激したような声を出した。

「自然には生えてない。わたしが植えました」

「あ、はあ」

そのあとは、なんとも間の悪い沈黙が続き、どうでもいいことでもいいからなにか言おう、と決意して、沙希は口を開く。

「イネ科の植物ですよね。風知草とも、言うんでしたっけ」

「よくご存じですね」

秋葉原さんは目を細めた。

「でも、ちゃんと見たのは、はじめてなんです。いままで、どんな植物か知りませんでした」

「そう。これね、こう見えて、なかなかいい花言葉があるんですよ」

「花言葉？」

「そう。風知草の花言葉は、未来」

「未来、ですか？」

「花言葉を誰が考えるのか、知りませんけどね」

二人はそのあと、またしばらく黙って庭を見ていた。秋葉原さんは麦茶を飲み干すと、ありがとうございますと言って立ち上がった。

「夏は除草だけです。夏に枝を切っても、すぐに伸びる。植木をいじるなら秋だ。秋にはまた来ます」

「はあ、ありがとうございます」

博満が、タダだ、タダだと強調したことを思い出し、沙希は神妙に頭を下げる。

「進《すすむ》さんとの約束ですから」

と、秋葉原さんは言った。

「伯父との」

「伯父さん？　じゃあ、あなたは進さんの姪御《めいご》さん？」

「田《た》ノ岡《おか》沙希と申します。伯父は母の姉の夫にあたります。先ほどは、存じ上げず、たいへん失礼いたしました」

「なに？」

「あの、警察を」

「あなたが呼んだの？」

「はい、まあ」

「そりゃ、たいへんだったね」

秋葉原さんは、なんだか他人事《ひとごと》みたいに言って、

「次からは、呼ぶ前に、わたしに相談してください」

と、親切そうにつけくわえた。

「はい、わかりました」

答えながら、いったいなにをこの人に相談するのだろうかと、沙希はこっそり自問した。

三十年も訪れたことがなかった伯父の家で、今日から暮らすことになるというのも、どこか現実感がなかったし、その最初の日に、伯父の友人の秋葉原さんと二人だけで話しているというのも、ものすごく奇妙だった。

しかも、さっきまでは、不審人物として警察に引き渡そうとしていた相手と。

「今日からこの家を借りているのですが、伯父が施設に入っていまして、秋葉原さんのことを話しておいてくれなかったものですから」

秋葉原さんは、その先は言わなくてもいいというように片手を上げて遮った。

「わたしは近所に住んでいて、進さんとは駅前の碁会所で、よくいっしょに碁を打っていたんですよ。だけど、碁会所がなくなってしまったので、ときどき、ここに碁を打ちに来てい

たんです」

「ああ、囲碁仲間なのですね？」

博満が二階に持って行った碁盤と碁石を思い出して、沙希はようやく秋葉原さんが伯父の「友人」であることを理解した。

「そうしたら庭が気になってしまってね。進さんはほったらかしでしたからね」

「それで、秋葉原さんがお手入れしてくださるように？」

「そう。わたし、庭木には一家言ありましてね」

「お仕事は、造園関係でいらっしゃるんですか？」

「いいえ、そんなことはありません。わたしに仕事はありません」

「もう、定年退職なさったんですね？」

「いやいや、わたし、職についたことがありませんのでね」

「あ、そうなんですねー」

間の抜けた相槌《あいづち》を打ってから、沙希の頭の中は疑問でいっぱいになった。

職についたことがない、とは。

「当年とって、七十六歳になりました。これまで一度も、働いたことがありません」

なぜだかちょっとはにかむようにして、秋葉原さんは両手を合わせ口元に持って行っておお辞儀をするようなポーズをとった。

「正確には、一度もないわけではないんですが、働こうとすると具合が悪くなってしまうものですからね」

あきれるほど若く見えるね、この人。

という感慨と、
高等遊民。

という、なつかしい日本語が、同時に頭に浮かんできた。

高校生だったころに、夏目漱石の小説で学んだ言葉だ。この人は、高等遊民なのだろうか。コートーユーミン、コートーユーミン。頭の中で繰り返しているうちに、こんどはユーミンを思い出してしまい、「あの日にかえりたい」が脳裏を流れ始めた。

やはりまだ、長旅の疲れが取れていないに違いない。

一度も働いたことがないという、どうリアクションしたらいいかわからない告白を、このまま続けさせるのもどうなのかと思って、

「伯父とはしょっちゅう会っていらしたのですね？」

と、話を伯父関係に戻そうとするも、相手は、一方誇らしげ、一方挑戦的とも言えそうな、はにかみつつ威張るような複雑な態度で、

「もう、この年になるとねえ。おんなじだもんね」

と、胸を張った。

一瞬、この人物がなにを言っているのか把握しかねたが、

「いないもん、もう。この年で働いてるのなんて。あ、いるか。最近はね、いくつになっても働きたいなんていう人もいるけどね、少なくとも、働いてないからって、どうとかこうとか言われないよね」

「まあ、そりゃそうですね」

沙希はとうとう、しっかりと相槌を打った。

「仕事を持っていなかったからね、わたし、両親の介護もまったく悔いなくできました。十年後には、世界で八億の人が仕事を失うんだそうです。八億ですよ。どうしますか。わたしはそろそろ人類はねえ、働かないで生きるという方向を考えるべきだと思うんですよ」

秋葉原さんは得意げに話し続けた。

ような気がする。

しかし、もしかしたら、秋葉原さんはすぐに帰ってしまったのかもしれない。忽然《こつぜん》とあらわれ、忽然と去ったようにも思われる。

というのも、時差ぼけのせいかなんなのか、沙希は秋葉原さんの話を聞きながら、眠り込んでしまったらしいのだった。ふと、目が覚めると、あたりはすっかり暗くなっていた。

なんということだろう。伯父の友人を不審者扱いしたあげく、話を聞きながら寝るとは！

前代未聞の失礼さ。「タダなんだからね」と怒る博満の顔が頭に浮かぶ。

目をこすりながら思い出したのは、警察が来て帰っていったことと、秋葉原さんに麦茶を運んだこと、秋葉原さんが伯父の囲碁仲間だと名乗ったことなどで、じっさい、南側の廊下には秋葉原さんが麦茶を飲んだコップが出しっぱなしになっていた。

どこまでが現実で、どこからが夢なのか、あるいはすべてが現実なのか、寝ぼけた頭には判断がつかなかった。

夕飯も食べずに寝てしまったせいで、翌朝は空腹で目が覚めた。

しかたがないのでコンビニにパンでも買いに行こうと、家を出て玄関のカギを閉める。

ああ、そうだった。ここには胡瓜があったんだった。なんなら、秋葉原さんに、胡瓜の育て方を聞いておけばよかった。支柱は？　ネットは必要なのか？　果たして秋葉原さんは、こんな失礼な人間のところにも来てくれるのだろうか。

胡瓜はさらに蔓を伸ばし、門扉によじ登らんばかりの勢いがある。

沙希は、昨日見つけた黄色い花の下の膨らみに目をやった。そして、なにかが間違っている気がして首をひねる。

胡瓜というのは、細長いものではなかったか。この、目の前にあるなにがしかの実は、どう見ても楕円形をしているのである。

沙希はしばらくその場に立って考えていたが、おもむろにスマートフォンを取り出し、グーグルアプリのカメラをオンにした。このアプリには「検索」機能がついていて、撮影した草花の名前を教えてくれるのである。

カシャッと小さな音がして、アプリは静かに検索をはじめた。待つこと数秒。

「creeping cucumber」

検索エンジンは、不思議な名前とともに、コロコロとオリーブの実くらいの大きさの楕円の実をつけた野生の瓜の名を知らせてくる。

「しのびよる胡瓜」

そんな直訳もついている。

「ふつうの胡瓜じゃ、ないの?」

沙希は思わず声を出した。

なに、「しのびよる胡瓜」って。「しのびよる」って。

原産地はアメリカ南東部などと書いてあり、いったいこの胡瓜がどこから「しのびよ」ってきたのかがわからないので、いっそう不気味だ。

沙希は頭を大きく左右に振った。

ともかく、これがわたしの新しい生活、新しい日々。

もしかしたら、飛行機に乗って、羽田空港に着いたときから、並行世界かなんかに来ちゃったのかもしれない。

そこでは胡瓜がみんな丸くて、どこからともなく、しのびよってくるの。プラスチックゴミの日にプラスチックを捨てちゃいけなくて、八億の人が働いてなくて、八十万戸が空き家なの。コンビニで「しのび泣くパン」を売ってても驚かないから。

博満が空気を入れておいてくれた、伯父の古い自転車にまたがって、少しよろけながら漕ぎ始めた。

真夏といえども、早朝の空気は、まだ暑すぎるほどではないのだった。

二　山椒の赤い実

田ノ岡沙希にとって、玄関わきの「しのびよる胡瓜」の成長具合を確認することが、日課となったことは言うまでもない。

ウィキペディアによれば、アメリカ南東部原産の野生の胡瓜であるというこの種は、親指の先くらいの大きさ以上にはならず、放っておくとオリーブのように黒くなるという。

黒くなってから食べるとおなかを下すことがあるそうで、小さい緑色の瓜を、今日食べるか、明日のほうが食べごろかと、ためつすがめつ待つことになった。焦って収穫して、苦すぎるなんてことがあっては残念なので、色が緑色のままならば、少しでも太らせるべきなのか、それとも、ままよ、と食べてみるべきなのか。

ところが一週間も経過するうちに、この小さな実はどんどん変化する。

まず、縦長だった実が丸くなってくる。そしてさらにその実が、大きくなってくる。

直径がとうとう五センチにもなんなんとする丸い実になったころ、沙希は、幹線道路沿いのＡＢスーパーで、あの、秋葉原さんに出くわした。

「秋葉原さん！」

その人は折しも、初物の秋刀魚《さんま》の鮮度を黄色い口先の鮮やかさで見比べている最中であった。声に振り向いた秋葉原さんは、大きな麦わら帽子をかぶり、サングラスをかけて、真っ黒なマスクをつけている沙希を一瞥《いちべつ》すると、何事もなかったように秋刀魚の棚に目を戻した。

しかし、その刹那、右横から中年女性の手が伸びて、丸々と太ったおいしそうな秋刀魚が二尾入ったパックを抜き取っていき、秋葉原さんの目は泳ぐようにその女性の手を追った。一瞬の差でもって、目をつけていた秋刀魚をさらわれてしまったようだった。お気の毒に。

声をかけるんじゃなかった。と、沙希は思ったが、後の祭りでもあった。

そこで沙希は茫然《ぼうぜん》としている秋葉原さんにもう一度、呼びかけてみた。

「秋葉原さんてば！」

秋刀魚を逃した老人は、不機嫌そうに首を動かす。沙希は帽子を少し上げて、サングラスを外した。

「田ノ岡沙希です」

「田ノ岡、沙希さん？」

「はい、先日は」

「ああ。あなたは、こないだの」

秋葉原さんの災難は、囲碁友だちの家にボランティアで草取りに行ったら、不法侵入者と間違われて警察を呼ばれてしまったことだったが、呼んだ張本人にスーパーマーケットで親し気に話しかけられて、さらに困惑を深めたようだった。秋葉原さんは、さりげなく秋刀魚の棚に目をやって、二番目にうまそうなのを買うか、あるいは別の魚に気持ちを切り替えるかを思案しているようだったが、沙希の頭の中は胡瓜のことでいっぱいである。

「いいところでお会いしましたよ、秋葉原さん。うちの胡瓜が、どうかなっちゃったみたいで、誰か詳しい人に聞こうと思ってたんです」

「胡瓜？」

「ええ。うちに、しのびよる胡瓜が生えてきたんですけど、それがいまやみかんみたいになっちゃって。食べていいんだかどうだか、さっぱりわかんなくて」

「胡瓜は、みかんみたいにはなりません」

秋葉原さんは憮然《ぶぜん》とした表情で答えた。

「そうなんですけど、ふつうの胡瓜ではなくて、『しのびよる胡瓜』なので、事態は深刻です。秋葉原さん、植物にはお詳しいとお見受けしましたが、『しのびよる胡瓜』については、なにかご存じでしょうか？」

「胡瓜がしのびよった？」

「いいえ。『しのびよる胡瓜』がしのびよったというのが正確です」

秋葉原さんは酸っぱいみかんを嚙《か》んだみたいな顔になった。

沙希はできるだけ手短に、ウィキペディアの知識を開陳したが、秋葉原さんの表情は晴れなかった。

「しかし、わたしは、南米産の胡瓜については」

「アメリカ南東部産」

「いずれにしても、です」

「ですよね。いくら秋葉原さんでも、『しのびよる胡瓜』をご存じないだろうと思って、わたし、うかがうのを躊躇《ちゅうちょ》していたんです。だいいち、ご連絡先も知らないし。だけど、ここにきて、いっそう奇妙なことが起こり始めたんです」

「いっそう、奇妙な」

「丸い実がね、太っていくんですよ。色は緑色のままなんです。ピンポン玉の大きさをこえて、そう、いまや、みかんくらいの大きさに」

沙希はついに、秋葉原さんに秋刀魚を買うのをあきらめさせ、「しのびよる胡瓜」の待つ家に同行させるのに成功した。玄関わきには、蔓性の植物が豪快に伸び、青いみかんのように見えなくもない丸い実が、ぽてっと土の上に鎮座していた。

「ね」

沙希は勝ち誇るようにその実を指さした。

秋葉原さんはその形状から、むしろ大きめのすだちか青柚子《あおゆず》を連想し、青い柑橘類《かんきつるい》や大根おろしとまことに相性のいい、食べそこなった旬の魚を頭に浮かべているような、どこか悲し気な顔で断言した。

「これは胡瓜でも、しのびよる何かでもありません。どこから種がやってきたかは不明ですが、田ノ岡さん、これは、メロンです」


秋葉原さんがABスーパーに行ったのは、開店間もないこのチェーン店の安売りのチラシをたまたま手にしたからだった。

沙希が声をかけてしまったために、結局なにも買うことなく、老人はABスーパーをあとにしたわけだが、ふだんの買い物はじつは、あけび野《の》商店街でしている。あけび野商店街には馴染《なじ》みの魚屋がある。だいいち、自分の家もあるのだ。この地に、秋葉原さんは七十五年間住み続けている。別の土地には、東京都内であれ、住んだことがない。

地元のあけび野第三小学校、あけび野中学校を経て、私鉄で三駅先の都立百舌沼《もずぬま》高校に通い、結局卒業しないままに終わった。それ以降、親のつてで工務店に見習いに入ったり、植木職人を目指したり、配管や電気の工事などもやってみたが、どれも長くは続かなかった。喫茶店でアルバイト、というのが比較的長く続いた仕事だったが、それも一年はこえず、二十三歳のときに働くことはあきらめて、積極的に無職を選択する。

生家は足袋《たび》や袋物を扱う小さな商店で、母親が店に立っていた。

秋葉原さんが少年だった一九五〇年代や六〇年代あたりまでは、足袋は日常的に穿《は》かれていたので、風呂敷や、着物姿のときに持つ手提げや、手ぬぐい、団扇《うちわ》、扇子といった小物とともによく売れていった。あけび野商店街の丸秋《まるあき》足袋店といえば、それなりに繁盛した店だったのだ。

父親は店主という肩書だったが、店は妻に任せて株をやっていた。とうぜん、日本人の生活スタイルの変化に伴って、生家の店は窮地に陥ったが、そのぶん株価はうなぎのぼりに上り続けたので、足袋が売れなくとも秋葉原家は比較的羽振りがよかった。そのおかげで、バカ息子とか、近所の手前みっともないとかいった親の愚痴に耐えることさえできれば、生活に支障はなかった。

そのうえ、秋葉原さんは、けっこう女性にモテた。誰とかいう歌舞伎役者に似ていて、浅草を歩いていて映画俳優にスカウトされたという逸話を持つ父親ゆずりの、整った顔をしているのが幸運だったのかもしれない。威張らないところもよかったのか、わりあいに甲斐《かい》性《しょう》のある女の人たちにだいじにされる傾向があった。

それでも不思議なことに秋葉原さんは、そうした女性たちと同居はせずに、本人の弁によれば最後の最後まで親の脛《すね》をかじり続けた。というと、あまり聞こえはよくないが、違う方向から見れば、ずっと生家に暮らして親二人の介護と看取《みと》りをした。まめに見舞いもするし、プロと見まがうような丁寧なケアもするので、この年代としては珍しいタイプの男性ということになって、病院では「孝行息子」として評判になったのだった。

大正生まれの母は二十一世紀を見ずして亡くなったが、色男と評判だった個人投資家の父は九十六まで生きて、世界がコロナに覆われる直前の病院で、毎日見舞いに来る息子に丁寧に世話されてあの世へ行った。

親父、いい人生だったかね？

と、死期が近づいた父親に秋葉原さんは聞いてみたのだが、
悪かあねえよ。

と、父親は答えた。

両親を見送ってしまうと、秋葉原さんは大きな仕事を終えたような気がした。

気がつけば自分も七十歳をこえていたし、あとはもう余生のようにも感じられたが、よくよく考えてみれば、彼の人生は「余」と区別するなにかがあったことがない。

近所の人に頼まれて庭木の世話をするとか、たまに碁会所に行くとか、テレビの料理番組で覚えた新しいレシピに挑戦するとか、そうしたことが彼の日々で、それは父親が死のうとどうしようと変わりようもなかった。

ただ、七十年以上の生涯を通じて、一度も一人暮らしをしたことのなかった秋葉原さんは、ふと、かつて味わったことのない奇妙な感覚を覚えた。

なにかが足りない、と彼は思った。

ひょっとしてこれは、さみしいとか、人恋しいとかいった感覚なのではなかろうか。父親が他界した数ヶ月後に、秋葉原さんは初めての結婚をした——。

「え？　では、秋葉原さんは最近になってご結婚を？」

しのびよる胡瓜がメロンであると断定したあとで、秋葉原さんはせっかくここまで来たのだからと、庭の草木たちを解説してくれたのだが、おいしそうな秋刀魚を買うことができなくて不機嫌だった彼も、勝手知ったる庭の植物を説明しているうちに穏やかになってきて、この土地には生まれたときから住んでいて、ご近所さんの庭の世話はいくつかしているなんていうことを話してくれた。

そこから話がだんだん逸《そ》れていき、いつのまにか秋葉原さん自身の話になり、結婚の話にたどり着いたところで、沙希は素《す》っ頓狂《とんきょう》な声を上げた。

「そうです。三年前になりますか」

「それは、おめでとうございます」

「もう、三年前ですけどもね」

「でも、なんだか少し、元気づけられます」

「そうですかね」

「わたしは別れたばかりなので」

「そ、それは」

秋葉原さんは困った顔をした。

「でもね、うまくいかない関係をやめて、新しい人生に踏み出したってことなので、ま、おめでとうでいいんじゃないかって、わたしは思ってるんですけど。これは、まあ、アメリカ人の友だちが言ってくれたことで」

「あ、それじゃあ、おめでとうございますということで。お互いに」

「ね。『なりたかった自分になるのに、遅すぎることはない』って、ジョージ・エリオットも言ってるし」

「知らない人だが、いいことを言うね」

「わたしも直接の知り合いではないんですが」

秋葉原さんの家が、あけび野商店街の「丸秋足袋店」だというのも、沙希には驚くべきことだった。

「あそこの商店街、大学生のころによく行きました！　マルアキ足袋、覚えてる！　商店街のポールに『マルアキ足袋』って、広告出してましたよね。それでなんだか、わたし、足袋に」

穴が空いてるみたいなのを想像してて、と言いかけて、そんな感想はいかになんでも失礼であろうという自制が、すんでのところで利いたので、沙希はもごもごと口ごもり、

「足袋にご用ができたら行こうかなって思ってたんですよ」

と、変な日本語で切り抜けると、

「ご用ができたらいつでもどうぞ」

そう、秋葉原さんは、にっこり笑った。


うらはぐさだとか、あけび野とか、百舌沼とか、あきらかに野っぱらだったことがわかる地名から知れるように、新宿より西の、住宅地が広がるこのエリアは、知らない人が「東京」といってイメージする喧騒《けんそう》からは離れていて、きわめてのんびりした場所だ。

沙希がこの地で大学生活を送っていたころには、都心からうらはぐさのあたりまで来ると体感温度が二度下がるなどと言われていた。ただし、何十年も海外で暮らしていて、帰国しても都心のホテルに滞在していた沙希は、その感覚をうっかり忘れていて、いわゆる東京の真ん中に出るのにも下手すると一時間近くかかるのに、正直なところかなり驚いていたのだった。

それでも、もともとビルばかりの都心が好きなわけではなかったし、暮らし始めてひと月も経《た》とうというころには、伯父の家の小さな庭には、存外、いろいろな植物があることに気づいて、それをありがたいと思う気持ちも芽生えてきた。

たとえば山椒《さんしょう》の赤い実。

子どもの背丈くらいの木は、秋葉原さんが植えたのではなく、昔からこの場所にあるという。京都に行くたびに買ってちびちび食べていた、大好きなちりめん山椒に入っている青山椒が、秋になれば色づいて赤くなるのだと、改めて気づいた。

乾燥させた実と葉をすり潰せば粉山椒《こさんしょう》として卓上のスパイスになる。しびれるような辛みが特徴の香辛料になる中国産の「花椒《ホアジャオ》」は、よく似ているが違う植物だという。

背の低い松の木にからまった瓜の実があって、こんどこそ「しのびよる胡瓜」かと、沙希はいろめきたったが、秋葉原さんに言わせると、それはあまり食用には適さない「からす瓜」であるとのことだった。

それでも、庭という地面があって、実生《みしょう》のものがあるのは、心躍る体験だ。

秋葉原さんは、例の実をメロンと言っていたが、ほんとにそうなのかどうなのか。

アメリカ南東部原産の野生の胡瓜が生《な》るほどには奇天烈《きてれつ》ではないにしても、メロンなどという高級果実の種が、いったいどこから飛んできて玄関わきに根を下ろしたものか。

ともあれ、まだまだ大きくなっている丸い実はそのままにしておくことにして、やや暑さのやわらいだ日の午後に、沙希はなつかしいあけび野商店街に行ってみることにした。

あけび野商店街は、沙希の通っていた大学から徒歩でも行ける立地で、私鉄の小さい駅「あけび野」に隣接している。大学からはこの私鉄の駅のほうが近いのだが、バスに乗ればＪＲの駅に出られて、そこは「若者の街」とか「住みたいエリア」とか呼ばれる大きな街だから、いまも昔も女子学生たちの足はそっちへ向かうことが多い。

それでも、おいしい焼きそばパンとか、漫画雑誌の並ぶ昔ながらの喫茶店とか、安い値段でラーメンと餃子が食べられる町中華とかには、抗《あらが》いがたい魅力があったし、ＪＲの路線沿いに比べると家賃が安いせいで地方出身者の下宿も多く、比較的、仲のよかったゼミ仲間がひとり住んでいたこともあって、あけび野商店街は沙希にはなつかしい場所なのだった。

そうだった。あけび野商店街があったんだった。

ＪＲの大きな駅が、自分の記憶とあまりに変わってしまった失望のせいで、故地を散策するという誘惑には乗らずにおこうと思いがちだったが、

「あんまり変わりませんよ」

という秋葉原さんのひとことを引き出した後だったので、沙希は期待に胸を膨らませた。そして、ガード下に三十年前と変わらない無骨な字で、赤い看板に「布袋《ほてい》」と書かれた焼き鳥屋を発見したときは、うれしさで体に震えがくるほどだった。

「布袋」、まだ、あったんだ！

焼き鳥は沙希の好物で、まさしく彼女にとって「東京」の味だった。もちろん、全国どこでも食べられる類《たぐい》のものではあるが、東京を歩いていて焼き鳥屋が見つからないことはないし、どんな小さい駅前にも店があってそこそこ人が入っていて、安くておいしいお酒もある。沙希にとって焼き鳥屋とはそんなイメージで、たまに帰国した折に、まっさきに食べに行くのは、串に刺して丁寧に焼き上げられたあの鶏肉だった。

しかも、あけび野商店街の「布袋」といえば、ＪＲの大きな駅の近くの、建て替えられてしまった老舗《しにせ》と双璧ともいうべき、思い出に満ちた店なのだった。

沙希は大学一年生のときに、初めてのバイト代を握りしめて、けぶいカウンターに座った日のことを思い出した。無愛想な親父とむさくるしい常連客が、ただただ串の名前と酒の種類だけを伝え合う空間で、「すみません！」と言いながら、指名を待つ学級会の児童のように片手を挙げる女子大学生は、もののみごとに無視され続けた。

だんだん腹が立ってきて投げやりになり、

「酒、冷。ねぎまと手羽先、塩で。あと、トマト！」

と太い声で叫んで以来、ここに来れば、必ず小さな幸福を手に入れられた。たしか沙希が行く数年前までは、女の客は入れなかったと聞いた。それだけ聞くと感じは悪いけれども、その後通い続けたのだから、居心地はよかったのだ。しかし、この界隈《かいわい》に足を踏み入れなくなって三十年経つ。

時間は午後の四時過ぎだったが、沙希は惹《ひ》きつけられるようにして「布袋」のある路地に入っていき、店先に張り出したカウンターの下の、丸椅子に座った。

店の雰囲気はあまり変わらないようでいて、少しこざっぱりした感もある。あの愛想の悪い親父はいなくてもとうぜんだろう、若い人が何人かで切り盛りしている。メニューがあるのを見て驚いた。かつてはそんなものはなかったからだ。

いくつかの串を選び、ビールを一本注文した。ワインなんて気の利いたものまであるらしい。時は流れるのだから、店だって街だって変化していく。変わらなければ終わってしまうしかない。野太い声を上げなければ注文を聞いてもらえないわけでもないようだ。それは悪い変化ではないのだろう。

目を上げると、串を打つ職人がいて、やや猫背の前かがみの姿勢は、沙希のよく知っていた店の親父を思い出させた。あの親父は太っていて、まさに布袋さんを思わせる、つるっつるの禿《は》げ頭だったが、若い職人はスレンダーで、頭に手ぬぐいを巻いている。

「あれ？　沙希？　沙希だよね？」

隣に座った男が言う。

「誰？」

「そんな、変わったか、俺？　なんだよ、腹立つな。思い出すまで黙っとこうかな」

もちろん、そんな絵に描いたようなシーンが展開されるはずもない。ただ、隣に友人に似た年恰好《としかっこう》の男が座って、ビールとコロッケと冷やしトマト、それに串を何本か注文したので、沙希は頭の中に、この店のコロッケが好きだった大鹿康夫《おおしかやすお》を思い浮かべる。

そうそう、大鹿康夫なら、三十年ぶりに入った居酒屋で昔の女友だちに会うなんて場面を、くそみそに言いそうだ、と沙希は片頰を緩ませる。

大鹿康夫は、大鹿マロイは、沙希が入っていた演劇サークルの仲間だった。よくあるインカレサークルだったが、大鹿マロイは大学生ではなくて、あのＪＲが通っている大きな街の隅っこにあった、小さい劇団の俳優兼照明技師で、その劇団の持っている劇場を借りて公演をしたときに助っ人《すけっと》として現れ、それ以来、この店でよく会ったものだった。

マロイは大学生の集団があまり好きではないらしく、大人数のときには会おうとしなかったが、家賃の安いあけび野で一人暮らしをしているせいもあって、「布袋」で飲んでいる沙希を見つけると、ときどき声をかけてくるようになったのだった。

とはいえ、マロイとは恋愛関係になったことはなく、たいがいマロイの恋愛の失敗談を聞かされるのが沙希の役回りだった。

大鹿康夫をマロイと呼ぶと、とても嫌がった。なんだよそれ。なんでマルイなんだよ。

マルイじゃなくてマロイ。大鹿マロイは、レイモンド・チャンドラーのハードボイルド小説『さらば愛《いと》しき女《ひと》よ』に出てくるの。

どうせあれだろ、でっかい、マッチョの犯人だろ。

まあ、そうね。大男で銀行強盗の殺人犯。

俺をマロイと呼ぶな。

じゃ、なんて呼ぶ？

大鹿くんとか、康夫くんとか、あるだろう。

大鹿くん。大鹿マロイくん。

じゃ、もう、なんでもいいよ！

マロイと最後に会ったのは、もう二十年以上前になる。アメリカからたまに帰国して会う友人たちの中に、マロイは含まれていなかった。大学を卒業して、演劇サークルにも出入りしなくなり、後輩たちの公演を観に行ったことは一、二度あったと思うけれど、そのときマロイは劇場にいたのだかどうだか。

気がつけば疎遠になっていた友だちの一人だったのに、どうした気まぐれか、本郷《ほんごう》にあったギャラリーにマロイは現れたのだった。

海外を拠点に活動している女性たちの横のつながりで、小さなギャラリーでグループ展をやるからと誘われて、インスタレーションや朗読をするメンバーの横で、コミュニケーションをテーマにした寸劇の動画を上映した。たった二日間の催しだったのだが、日本にいるメンバーが案内状を出すからリストをよこせと言ったので、日本の友人たちの住所を適当に書いて送っておいた。マロイにも案内状が一枚、送られたのだった。

もうギャラリーを閉めるという時間に入ってきて、どたどた急ぎ足で見て回る大男に、そこにいたスタッフは少し引き気味だったのだが、小部屋の隅の小さな椅子に手持ち無沙汰に腰かけていた沙希には、大男が入ってきたとたんに部屋の空気があたたかくなったみたいに感じられたものだ。

あれ？　沙希？　沙希だよね？

と、あのとき、マロイは言った。

誰？

そんな、変わったか、俺？　なんだよ、腹立つな。思い出すまで黙っとこうかな。

あのときの会話は、たしかそうだった。思い出さないわけがない。マロイは変わっていなかった。からかわれた後の態度も昔のままだった。沙希とマロイはギャラリーを出て、そこから遠くない、どこかの居酒屋に行ったのだった。

でもこれ、思い出すとちょっとつらいんだよね。

沙希は、ビールを飲み干して、おんなじの、と店員に告げる。

マロイはやたらめったら高い浄水器を売るセールスマンをしていた。芝居の世界では食べていけなかったからで、たしかそのころはもう、演劇関係とはつながりがなかったのだと思う。マロイが働いていたのは、英語だとスウェットショップと呼ばれるような、ひどい働かせ方をする、歩合制だったか、買取制だったか、とにかくその浄水器を売らなければ自分の首がしまっていくようなシステムの会社だった。

その日、マロイは、春日《かすが》か本郷三丁目あたりの小さな居酒屋で、昔話ばかりした。

飲み干したビールのジョッキが三個。ひょっとしたら小皿に残ったピーナッツも三つ。

女の子に振られた話や、芝居の初日の失敗、仲のよかった劇団員と酔っぱらって前後不覚に陥り、気がついたら鳥居坂《とりいざか》のトラ箱にいた日のことを、かつてのように楽し気に話して、俺、首くらなくちゃ、俺、首くくったほうがいいなと、自嘲と呼ぶには明るすぎるトーンで言う。そのときは、最近の口癖なんだろうと思って聞き流したけれど、帰り際に妙なことを言ったのが、二十年以上経っても耳に残っている。

あと三つ売らないとな。俺、首くらなきゃならない。

何を？

沙希もいいかげん酔っぱらっていたので、フワフワした頭で尋ねたのを思い出す。

マロイは折りたたんだ浄水器のチラシを、ポケットかどこかから取り出した。なにか懸命に説明を始めたはずだけれど、楽しい昔話のようには頭に入ってこない。

沙希ちゃん、頼む、買ってくれないか。

なに言ってんのお、無理、無理。知ってるでしょ、わたし、日本に住んでないんだよ。こんなの担いで向こうに帰るわけにいかないでしょう。

だけど、誰かいるだろう、日本にも。親とか親戚とか誰か。

いたって買わないよお、無理、無理。

そっか。

そうだよー。

そうか、無理だな、買わないな。

マロイは笑った。笑ったけれど、どこか気もそぞろになって、なんだか様子が変だった。

少しして二人で店を出て、地下鉄の駅の入り口あたりで別れた。

それから、便りはない。それまでだって、便りがあったわけじゃないから、どこかで元気にやっているのだと思いたい。ただ、その後の消息を知っている人がいないのだ。

五年くらいして、知り合いから、大鹿康夫の連絡先を知らないかとメールが来た。昔の劇団の仲間が探しているのだけれど、まったく消息がつかめないから、もし連絡があったら知らせてほしいという。もっと聞くと、探しているのは劇団員ではなくて、その人物に連絡してきた大鹿康夫の中学の同級生だとかいう話で、誰がどういう目的でマロイに会いたいのだか、伝言ゲームみたいになっているうちにわからなくなった。マロイがいなくなった。

マロイのことを思い出すたびに、どこかで元気でいてくれるといいと考えるが、「元気でいる」というのはどういうことなんだろうとも、思う。便りのないのはよい便り、というのは、便りをもらえない側から考えうる、とても都合のいい考え方だ。悪い便りならほしくない、というのと似ているから。

勘定を払って店を出た。夏なのでまだ日は沈まない。

マロイのことを考えていたから、ほろ酔いというよりは、ほろ苦いような感覚があったが、なつかしい場所を訪ねれば、多かれ少なかれ胸の痛む思い出もよみがえるものだろう。

沙希はガード下を離れて、あけび野商店街を歩き出した。

片側一車線の道路を挟んで両脇に連なる商店街は、三十年前とあまり佇《たたず》まいを変えずに、それなりの活況を見せていた。シャッターの下りているところはなくて、知らない店も多いけれど、それは街の新陳代謝と考えていいのだろうと沙希は思った。

諏訪《すわ》書店は健在。地域の人気書店らしい。古いジャズバー発見。そうそう、ここは昔から、たぶん、七〇年代くらいからあるはず。

七〇年代といえば、そのころにできた無農薬野菜と自然食品を売る小さな店も続いている。併設されたレストランも、名前と内装を変えながら生き残っている。

飲食店はずいぶん様変わりしたように見えるけれど、ところどころに三十年、四十年続いている店がある。それを数えているうちに、沙希の気持ちは上向いた。

そしてとうとう、ポールに巻かれた「マルアキ足袋」の広告を目にして、沙希は笑い出した。あら、「マルアキ足袋」、まだここに。いったい、いつからここにくっついているのか。

この先スグ

と書かれた広告の先に、果たして「丸秋足袋店」は、あった。

ガラス戸に、マルアキ足袋と白いペンキで書いてある。そのガラスの引き戸は左右に開いていて、入って右側の陳列棚には、いったいいつ仕入れたのか、いくらで売る気なのかよくわからない足袋や地下足袋が並んでいる。ただ、その足袋スペースはそう広くはなく、古いレジの置いてある机を挟んで左側、というよりも全体の三分の二以上の空間を占めているのは、刺し子で作られたバッグやコースター、クッションカバーなどの雑貨から、大きいものになるとソファやベッドにかけるようなマルチカバーや、ワンピースなんてものまである。

これはまったく、足袋屋ではない。

足袋屋でないどころか、秋葉原さんがいない。秋葉原さんがいない以上、ここは「丸秋」と呼ばれる場所なのかどうか。

少しずつ酔いが醒《さ》めてくる感覚があり、沙希はその無人の不用心な店で思案を始める。

そこへやってきたのは、ぜったいにこの店の主《あるじ》、というか少なくともこの場所の借主であることが明白な、刺し子姫とでも呼びたいような服装の女性だった。

白いTシャツに刺し子模様、スカートはもちろん刺し子で、素足に履いているヒールのない靴も布製で刺し子、肩から斜めにかけているバッグも刺し子なら、眼鏡についているストラップも刺し子だ。髪の毛は流行《はや》りのグレーヘアだが、パーマがかかっている。この人の年齢もよくわからない。

はたと思いついて、沙希は話しかけてみる。

「もしかして、秋葉原さんのお連れ合いの方ですか？」

そう聞くと、刺し子姫は、ぱっと頬を赤らめた。

「結婚したのは三年前です」

聞いてないよ。というか、聞いてるよ、それは、と、沙希は思った。

「おめでとうございます」

「ありがとうございます！」

刺し子姫がふっくらした顔に満面の笑みを浮かべた。この人が妻か。秋葉原さんはこういう人が好きなのか。

「それで、ええと」

「田ノ岡です」

「田ノ岡さんは、秋葉原にご用でしょうか？」

「いや、ご用というほどのことはありませんが、久しぶりにあけび野商店街に来まして、丸秋足袋店を覗《のぞ》いてみたかったのです。秋葉原さんには、伯父がお世話になっていて、庭の手入れをしていただいているものですから」

「野菜？」

刺し子姫は、愛想のいい笑顔を崩さずに尋ねる。なにを聞かれているのかわからなくて、沙希は当惑しながら答える。

「野菜、というか。どうでしょう。メロンですかしら」

「メロンを作っていらっしゃる！」

「あ、いえ、メロンは勝手に生えてきて」

「メロンが勝手に？」

刺し子姫は、しばらく黙ってから、

「それはうらやましい」

と、つぶやいた。

そうこうしているうちに、秋葉原さんはふらりと店に戻ってきた。

「おや、いらっしゃい」

「この方が」

秋葉原夫妻が同時に口を開いた。

「ああ、沙希さんといって、囲碁仲間の姪御さんです」

「メロンを育てていらっしゃるのね」

「うん、自然に生えちゃったやつね」

「ねえ、うらやましい。自然には、なかなかねえ」

「よく育ってるじゃない、うちのだって」

「だけど、メロンはねえ」

「作ろうと思えば作れますよ。沙希さんのところのを見てたら、できそうな気がしてきた」

「ゴーヤとかトマトなんかとはわけが違うでしょう」

「いや、あんまり違わない気がする」

「そうなの？」

刺し子姫は、メロンに執着心があるらしく、ひとしきり、メロン栽培について秋葉原さんと意見交換をし、それから、まだその場にいる沙希に気づいて、

「うちの、見ます?」

と、話しかけた。

「おたくの?」

「野菜」

「あ、はい。ぜひ」

展開が読めずに、ぼんやり笑っている沙希に、秋葉原さんは、

「じゃ、靴を持って上がってきてください」

と、指示を出した。

靴を持って、上がる?

店は、昔ながらの三和土《たたき》になっていて、奥に縁側のような板敷きがあり、その先には畳の生活空間があった。階段を上って二階に行き、ベランダに出る。なるほど、このために靴が必要だったのかと思いながらついていくと、秋葉原さんはベランダからさらに階段を上り始めた。

その外階段を上り切って、目の前に現れた光景に、沙希は心を奪われた。

なるほど、野菜だ。野菜畑だ。

駅前商店街の一角の、けっして広いとは言えない店舗付き住宅の屋上に、野菜畑があるなんて、想像もしなかった。

ゴーヤ、胡瓜、トマト、ナス、オクラ、枝豆、それにひょうたんみたいな形をしたバターナッツかぼちゃ。

秋葉原さんは、いとおしげに解説してくれた。トマトは色づいていくつも生っていたし、ゴーヤも立派に育ち、小ぶりながらナスもあった。そしてまるで、ブッシュのような枝豆。

「ここ、どれくらいの広さなんですか？」

「そうね、だいたい、六坪くらいかな。二十平米くらい。耐震性のことと水道を上につけるのがちょっとたいへんでね。そのためのリフォームをしたんです」

なるほど、通りに面した店舗は昔とあまり変わらない丸秋足袋店ではあったが、居住空間のほうには手が入っていることが見て取れた。

「とすると、畑のために改装を？」

「結婚したときに、少しね。まあ、いちばんやりたかったのは畑だけども。とはいっても、こんだけの、ちっちゃな畑ですよ」

「でも、すごい収穫量ですよ！」

「うん、そう」

秋葉原さんは、満足気に目を細める。

「屋上で、こんなに育つんだ。びっくりしました」

「まあね。多少は、屋上ならではの育て方があるけど、慣れれば難しくはないですよ。誰でもできる。みんな作りゃいいのにね。自分の食べる分くらい作れれば、いいでしょう、買わなくてもよくなるから」

秋葉原さんちの屋上からは、あけび野の街が見渡せた。

空が夕焼けに染まっていくのも見える。ところどころに緑地があるのは、このあたりがまだ、昔からの住宅地の姿をある程度保っていて、雑木林や寺院が多く、公園もそれなりに整備されているからなのだろう。

「ビルが、ないですね」

沙希は言った。

そう、ここらへんにはビルがない。幹線道路沿いやＪＲの駅に近いエリアになると、それでも少しはビルらしいものも見かけるけれど、あけび野あたりはビルがない。あっても五階か六階だてくらいの、人の足で上り切れそうな建物ばかりだ。

夕闇の迫ってくる秋葉原さんちの屋上は、植物があるせいか、それとも風を遮るものがないためか、やや涼しく感じられた。

「あれ？　秋葉原さん、これは」

沙希が目をとめたのは、青い小さな葉が茂っている背の低い木で、てっぺん近くの何箇所かに胡椒粒《こしょうつぶ》くらいの赤い丸い実が、かたまって生っているのだった。

「山椒ですね？」

「山椒です。種が落ちて芽を出していたので、あなたのおうちからもらってきたんですよ」

秋葉原さんは、丸い実の一つをぷちっと摘み取って、指の腹で潰し、指先を鼻に近づけた。

「気分が落ち込んだときにはね、この実の匂いをかぐだけで、なんだか元気が出てくるんですよ」

「やってみてもいいですか？」

「どうぞ」

沙希も丸い実を一つ取った。

「かなり長いこと、香りがなくならないでしょう。だから一つ、二つ、近くに置いておいて、ときどきこうやってね」

柑橘系の、かぐわしい香りを胸に吸い込むと、たしかに気持ちがすっと軽くなる。

外階段を上る音がして、刺し子姫がやってきた。

「よかったら、ごはん食べていく？」

刺し子姫は野菜を収穫するつもりらしく、籠を片手で持ち、おなかにあてている。

「いえいえ、そんな。とつぜん来てしまって、お邪魔するつもりは」

「うちはいいんですよ、沙希さんさえよかったら」

刺し子姫はいつのまにか収穫を終え、こんもりと野菜を盛った籠が重たかったのか地面に置き、山椒のあるプランターの近くまで来て、屋上の手すりに手をかけ、鉄棒でもするように腕をつっぱって上体を伸ばし、夕焼け空を眺めた。

「わたし、こっから見る景色が好き」

ええ、すてきです、と、沙希は相槌を打った。

「なくしたくないなあ」

刺し子姫は少しくちびるを尖《とが》らせるようにしてそう言い、秋葉原さんは隣に立って、ふわっと、その柔らかそうな肩に手をやった。

三　柿とビタミンC

準備期間のはずだった一ヶ月は瞬く間に過ぎ去り、秋から沙希は女子大の先生になった。あけび野商店街からほど近い、武蔵野の風情《ふぜい》漂うキャンパスの住人となったのである。

沙希が所属することになったのは、国際文化研究科というところで、自分が学生だったころにはそんな学科は存在せず、大学としても四年前に作ったばかりだという。もともと、沙希が専門に研究しているのはコミュニケーションで、アメリカでは諸般の事情で日本語教育に携わることになったが、いちおう、帰国して母校の教員となって期待されているのは、芸術表現を用いたコミュニケーションと、異文化コミュニケーションの方法論といったようなものだった。

異文化コミュニケーションとか言ったら、従兄の博満なら、また滔々《とうとう》とゴミ出しの方法について語り始めそうである。多文化共生とは外国人にゴミ出しルールを教えることだと、真顔で強調した従兄を思い出すと、この国で生きていくのも前途多難という気がしてこなくもない。

ともあれ、懐かしい女子大学のキャンパスは明るく、行きかう大学生たちは真面目で礼儀正しく、あてがわれた研究室も小さくはあるが心地よく、久々の日本の生活は悪くないと、沙希は思うことにした。

研究室でなごんでいると、ドアをノックする音がした。

「どうぞ」

声をかけたら、おかっぱにべっ甲縁の眼鏡をかけた女の子が一人顔を出した。いまどき、おかっぱとは言わないのだろうかなどと余計なことを考えていると、女の子は満面の笑みで、

「先生、ちょっとお入りになってもいいですか?」

と言う。

お入りになるとは、誰が?

「先生」を主語と考えると、沙希がどこかに入ることになるのだろうか、そうだとすればどこへ?

相手が気を悪くしないように、曖昧に笑顔を作っていると、女の子は入室して一礼した。お入りになるのは、どうも、この学生のようである。

「はい、どうぞ」

「国際文化研究科一年の亀田《かめだ》マサミです。先生のコミュニケーション論Ⅰをお取りしています」

お取りする。

またもや、沙希は困惑したが、三十年も異国で暮らしていると、自分の敬語への自信は、やはり多少なりとも揺らぐし、「若い子の言葉遣い」みたいなものには、完全に疎いという自覚はあるので、とりあえず受け流すことにした。

「そうなのね。ありがとう」

一年生ということは、ゼミやプレゼミの学生さんではないということだ。

「先生は、この近所に住んでいられるのでしょうか？」

いられる？　いられる？　まあ、間違いではない？　おられる？

「うん、そう。わりと近所に住んでるの。いまはバスを乗り継いでるけど、そのうち通勤用に自転車を買おうと思ってる」

「先生の授業は楽しいです。先生のお話をお聞きして、わたしも専攻は、コミュニケーション論をお学びしようかと思い始めました」

この、どっから突っこんだらいいかわからない敬語は、たしかにコミュニケーション論の一つのテーマにはなりうるかもしれないと、沙希はにっこり笑いながら考えた。

「興味を持ってくれたのね、うれしい。ええと、亀田さんは一年生なのよね？」

「ですです」

「じゃあ、来年、専攻を決めるわけね」

亀田マサミは、なにやらものすごくうれしそうに、こくんこくんとうなずいている。

「二年生になると、取りたい人はプレゼミを取るでしょう？　もし、わたしの授業に関心を持ってくれたなら、うちのプレゼミに入ってみてもいいかもしれないな。わたしの任期は再来年の前期までだから、三年生のゼミはほかの先生のところに移ることになるだろうけど」

沙希の身分はやや不安定で、とりあえず「特任」枠の二年限定で雇われていた。ゼミは、昨年、急逝した老教授の元で卒論を書く予定だった学生さんたちを引き受ける形で、今年と来年を引き継いだが、二年生だけが取ることのできるプレゼミは任意選択科目で、一般的には三、四年で入るゼミの準備期間と考えられているけれども、卒論とは関係のないプレゼミを取る学生も少なからずいるという話で、沙希の場合は「楽しく、好きなように」やってくれと言われていた。

おかっぱの亀田マサミはプレゼミと聞いて、目を細くすると、さらに何度もうなずいた。

この子はいったい、なにをしに来ているのだろう、という疑問が湧いたが、研究室をたずねてくる積極性は評価したかったし、もしかしたらなにか悩みでも抱えているかもしれないので、あんた、それでなにしに来たの、とは問いかねる。

「座る？」

そうだ、なにか、参考になる本でも紹介しよう、それが教員というものではなかろうか。間が持たないので、沙希は椅子をすすめ、本棚に目をやる。

「お座りさせていただきます」

生真面目な声と、パイプ椅子を引く音がする。なんだか、お座り芸を覚えた犬の写真につけるフキダシの中身みたいだ。

本棚から、コミュニケーションに関する、比較的読みやすそうな本をピックアップして振り返ると、亀田マサミはなにやらひどく当惑して、両手をパーにして胸の前でゆらゆら振ってみせる。

「あー、わたしは本とかはぁ、いまはまだ無理ですぅ」

「あら、無理？　あんまり、読まない？」

「はい、ちょっと、そこまでは」

苦しそうな亀田マサミを見ていると、なんだか悪いことをしているような気持ちになってきて、沙希は取り出した本を棚に戻す。

日本の若い学生さんと対峙《たいじ》したことがないので、うっかり傷つけてしまわないかが心配なのだった。地方の大学で教員をしている古い友人から、最近の学生たちは、とても繊細で傷つきやすいと聞いた。

「最近、なにを読んでるの？　なんて質問しようものなら、先生、それはハラスメントです、と言われるからね」

近代文学を教えている富川《とみかわ》くんは電話口で言ったものだ。

「こちらの軽いことばで大学に来られなくなる子なんて、いくらでもいるから」

こわいこわい、と富川くんはつけ加えた。

なにを読んだか聞いてはいけないないなら、これを読みなさいとすすめるのだって、なにかしらハラスメントと言われかねない。しかし、それが教師の仕事ではなかろうかと思うものの、いや、シチュエーションを間違えてはいけないのだ、教室で不特定多数にすすめるのと、扉の閉まった研究室で一対一ですすめるのとでは状況が違う。相手が女子学生なので少し油断したが、やはり教員として、研究室の扉は開けておくべきだったと思い、沙希は空気を入れ換えるのだと自分に言い聞かせてドアを少し開き、ストッパーをすべりこませた。

女子学生は、ドアを開くアクションを「帰れ」という意味には取らなかったらしく、それは沙希を内心ホッとさせたが、おだやかにちんまり座っている亀田マサミの真意を測りかねたまま、どうなのよ、こういうとき、教員はお茶とお茶菓子でも用意すべきなのか、とおたおたする。一年生ということは十八歳？　十九歳？　なんだか幼い。幼いと沙希に思わせた女子学生は、しばらくうつむいてニコニコしていたが、その笑みを無防備に顔に浮かべたまま、とつぜん、こんなことを言い出す。

「ＡＢスーパーで先生を見させていただいたというか」

「ええ？　ＡＢスーパーで？」

亀田マサミは照れたような表情でうなずいた。

「それから、あけび野商店街でも」

「え？　そっちでも」

まさか行動を監視されているわけでもないだろうけれども、そんなにあちこちで「見させていただいている」とすれば、よほど近くに住んでいるのかと、少し不安になる。

「亀田さんのおうち、近くなのかしら」

「家は遠いけど、散歩が趣味なんです。わたし、このあたりが好きです。受験のとき、初めて来て、ここ、いいなと思って。女子大は第一志望じゃなかったんですけど、いまでは第一志望だった大学のキャンパスより、こっちのほうが好きで」

「それは、よかった。わたしもここの大学生だったの、もう三十年も前の話だけどね。だから、先生だけど、先輩なの、あなたがたの。今年からここで教えることになって、久々に戻ってきたけど、たしかにこのキャンパスはホッとするのね。木が多くて」

「雄大さが、こぢんまりしています」

亀田マサミは、またわけのわからないことを言って、まぶしそうな目を窓の外に向けた。そして、しばらくの間、気に入っているらしい「こぢんまりした雄大さ」を眺めていたが、満足したのか、立ち上がった。

「今日はこれで、失礼させていただきます。先生、わたし、またここにお出入りしてもいいですか？」

お出入り。

「うん、もちろん。いいよ。あのさ、今日は、なにかほかに質問があったのではないの？　授業に関してとか、そうね、進路のことで相談があるとか、コミュニケーション学についてもう少し聞きたいとか？」

亀田マサミは、うなずいたときと同じような丁寧さで、左と右にゆっくりと頭を動かした。

「悩んでいることは、いろいろありますけれども、まだ、先生にお打ち明けするような段階ではないですから」

え？　悩みごとがあるんだ。

沙希はひそかに動揺した。

「じゃあ、打ち明けられるようになったら、来る？」

「それより、もう少し前に、お出入りしても」

「はい、いいですよ。いつでも」

少しずつ近づいていくというのが、いいのかもしれない。そうして関係を築いた先には、とんちんかんな敬語を直してあげることも、悩みごとを聞いてあげることもできるのではないだろうか。彼女もわたしも、まだ一年生なんだし。

ドアを閉めかけて、亀田マサミは、ずり落ちかけたべっ甲縁の眼鏡の上から小動物のような丸い目をのぞかせて、一気にまくしたてた。

「先生のところにお出入りできると、少し心が落ち着きます。人生は楽しいことばかりではありませんし、わたしの場合、気疲れというか、いろいろな心理的負担もあります。ある意味、キャンパス内で浮いた存在とならないか心配です。だから、自分にとっての居場所を広げる意味で、心をお開きできそうな方とは積極的に交流させていただいています。魔女みたいな恰好で秋刀魚をご物色していた先生を、ＡＢスーパーで見させていただいてから、なんとなく、気がお合いになりそうな方だなと、一方的にお感じになっていました」

敬語はもう、いちいち気に留めないとして、魔女みたいな恰好で秋刀魚をご物色ってどういうこと？

「もしかして先生は、先生って呼ばれるよりも、先輩って呼ばれるほうがお好きでしょうか？」

「先輩？」

「はい、さっき、大学の先輩だと」

「そうね。そうそう、大学の」

「それでは、先輩とお呼びになりますね」

「お呼びになるって、誰がよ？」

ついに、沙希は素っ頓狂な声を上げることになったが、どこかで沙希を「気がお合いになりそう」と認定した亀田マサミはすっかりくつろいだ表情になり、

「わたしが、先輩を」

と、うれしそうに言うと、入って来たときと同じように一礼した。

「待って！」

沙希はあわてて、閉まりかけたドアを開けた。

「待って。念のために聞くけど、これ、宗教の勧誘てことはないよね？」

「宗教の勧誘？」

「いや。なんか。居場所とか、心を開くとか、一方的に気が合うとか」

言い始めて、まずい、傷つきやすい学生さんに、この口のきき方はなかろうと、沙希の頭にはすぐに反省が浮かんだが、亀田マサミは例のはにかんだような笑顔で、とくに傷つきもしなかったらしく、手をひらひらと左右に振ってみせた。

「だいじょうぶです、先輩。宗教とかじゃないです。また、お出入りしても」

「はい、いいです、マーシー」

そう口に出してから、ああ、そうだ、この子はマーシーだ、見てくれからしてマーシーだ、ピーナッツブックスの、おかっぱに眼鏡の女の子だ、と沙希は唐突に思いつく。

「マーシー？」

「うん、そう。わたしのことを先輩って呼んでもいいけど、その場合、わたしはあなたのこと、マーシーって呼ぶけどいい？」

「マーシー？」

「どう？」

「悪くはないです、先輩」

ほらね。口調からして。


この日、初めて話をしたマーシーは、その後、頻繁に研究室に顔を出すことになった。孤立しているのかと心配していたが、しばらくして水原鳩《みずはらはと》という友だちを連れてくるようになった。マーシーは彼女を「ハティ」と呼んでいたので、沙希はこの子に「パティ」というあだ名をつけてやった。マーシーの「先輩」（もしくは「先生」）、ペパーミント・パティから命名した。

パティは背が高く、ボーイッシュで、体育会の陸上部に所属していた。マーシーと同じ一年生だけれども、学科が違い、人文科学研究科の学生なので、沙希の授業は取っていないと言っていた。ともあれ二人は仲がよいので、二人とも沙希と「気がお合いになりそう」と判断したのだろう。パティは寡黙で、しゃべるときに敬語を一切使わない。マーシーのめちゃくちゃな敬語よりは、いっそさっぱりすると言えなくもなかった。

秋が深まってきて、沙希もようやく母校のキャンパスを教員として歩き回ることに慣れたころに、学園祭というものがやってきた。

講堂で寸劇を披露したのと、クラスの仲間が出していたサツマイモソフトクリームの屋台で売り子をした思い出くらいしか記憶にはなかったが、なにしろ三十年ぶりの学園祭なので沙希の心は躍った。

アメリカの学生に日本の高校や大学の学園祭の動画を見せると、歓声が上がり、しきりに羨ましがったものだった。

「ねえ、マーシーとパティは、学園祭でなにをするの？」

「行かない。寝る」

と、パティは即答した。

「ああ、まあ、そうね。文化祭だものね。体育会系のあなたには休日よね。マーシーは？」

「多くをご期待しないほうがいいですよ、先輩」

マーシーは冷静な口調で言う。

「いや、まあ、期待というほどのことは」

「いえ、先輩の目がご期待しているのがわかります。わたしはこの小さな大学のそういう祭りには期待しません」

「あなた、この大学が好きだって言ったじゃない」

「あくまでも、このうらはぐさのキャンパスと、一部のものです。パティとか、先輩とか。授業のいくつかとか。でもまあ、出るには出ますので、先輩もご見学可能です」

「なにに出るの？」

「弁論大会」

「弁論大会？」

「まさかの」

と、横でパティがめんどくさそうに合いの手を入れた。

そういうわけで、秋晴れのよき日、沙希はマーシーの弁論を聞くために大学へ出向いた。受付で、体温を測れの、消毒をしろの、インターネットで入場登録をしろの、と言われたのは若干、めんどうではあったが、特設ステージの前の芝生は親子連れやカップルや、仲のよさそうな友だち同士が三々五々、陣取っていて、弁論大会というよりはピクニックのようである。

沙希もステンレスのマイボトルにいれたコーヒーを時折口にしながら、マーシーの出番を待った。さわやかな秋の午後で風も心地よく、屋外でのんびりできるのも、もう今年最後だろうというような日だった。小さな大学といえども、じゅうぶんなスペースを前庭に割いているから、見上げると空が広く大きく、いわし雲がたなびくのが爽快だった。

いまどきいくらなんでも「弁論大会」という横断幕を掲げてイベントをする気になれなかったのだろう、ラテン語由来かなにかのタイトルがつけられていたが、ラテン語でごまかそうともそれは「青年の主張」じみた弁論大会なのであって、ほとんど人気がないらしく、出場者は三人しかいなかった。トップバッターのスピーチは「コロナ危機と都会のねずみの受難」、二番目の出場者が語ったのは「女子大生にとって着物とはなにか」だった。それぞれ熱心に語っていたようすだったが、朴訥《ぼくとつ》な語り口が眠気をさそい、沙希はあまりよく聞いていなかった。それより、湿度も温度も快適な秋の風に吹かれて、葉ずれの音を楽しんでいるほうが気持ちよかったのだ。

「最終スピーカーは、エントリーナンバー3、国際文化研究科一年、亀田マサミさんです。亀田さんのテーマは、『うらはぐさの歴史』です。それでは亀田さん、よろしくお願いします！」

司会者の声と、ちょっと格闘技イベントの入場シーンを思わせるような、いきなり音量の上がったBGMとともに、マーシーが登場した。まばらな拍手が聞こえ、沙希もボトルを芝生に置いて手を叩いた。

「ありがとうございます。ご紹介していただきました亀田マサミです。今日は、『うらはぐさの歴史』ということでお話しさせていただきます。うらはぐさは、武蔵野の地名の一つで、イネ科の植物、うらはぐさ、別名・風知草に由来します。

でも、今日、お話ししようと思っているのは、うらはぐさという植物がいつ発見されたとか、いつからいつまでどこの地名だったとか、そういう話ではありません。

わたしは、今年、この大学に入学してきて、このうらはぐさの雄大さがこぢんまりしているキャンパスの雰囲気に、恋をしてしまいました！

それで、どちらかというと授業よりも散歩に時間を費やしている日々なんですけれども、歩いているうちに、ウラハグサシティのほうまで行っちゃったんです。

みなさん、ウラハグサシティは知ってますか？　学校の裏手をずんずん行って、大通りにぶつかったら、それを北のほうに行って、そして東のほうに行くとある、二十年くらい前に建った大規模マンションのある街で、病院からセレモニーホール、まさにゆりかごから墓場までみたいな、一生、そこで暮らせる場所です。スーパーとかドラッグストアとかファミレスも充実してるし、ゲームセンターと映画館もあります。

そうそう、わたし、どっからどこまでが、うらはぐさなのかなあと思って、無駄に歩いちゃったらそんなことになって。

うらはぐさ、広っ。

と、思って歩いてたら、『ウラハグサシティの歴史』っていうプレートにぶつかっちゃったんですよ。それによると、ウラハグサシティは、一九七三年までは、アメリカの土地だったらしいんです。アメリカというか、軍隊、米軍ですよね。米軍の軍人さん家族の住宅が建ってた場所だったんです。やっぱり、スーパーもドラッグストアも映画館なんかもあったみたいですね。高層ビルではなくて、平屋とか二階建てとかで、木造の、水色とか黄色とかピンクの壁の住宅が並んでたってことで。

えー、そんなんだったんだって、わたし、びっくりしてしまって。

でも、考えてみたら、ウラハグサシティの木はちょっと、この大学と違って、もっと整然と植えられてますよね。

それで、じゃあ、もっと前は、うらはぐさの生えた、武蔵野だったんだろうな、いつごろまで武蔵野の風景があったんだろなと思って調べてみたんですよね。

そしたら、米軍住宅の前は、飛行場だったんですよ！

飛行機工場じゃなくて、飛行場なんですよ、しかも特攻隊の！

わたし、ほかにもいろいろ調べちゃって、うらはぐさのこと調べると、だいたい、第二次世界大戦が終わるまでは飛行機工場なんですよね、広いところは。それが戦後は自動車工場になったり、うちより偏差値が高くてキャンパスも十倍くらいある大学になったりしたんですよね、ほら、広いから。

それで、ウラハグサシティの話に戻ると、飛行機工場じゃなくて、特攻隊の飛ぶ飛行場だったんですっていうか、飛行場になっちゃったんです。その前は大根畑とかがあって、暮らしてた人もいたんですけど、やっぱり戦争ってことになると、お国のためだから仕方がないってことになっちゃって、大根畑はなくなって、住んでた人もどっかに引っ越さなきゃならなくなって、すごい速さで飛行場を作っちゃったんです。

ええとね、それが一九四三年のことです。終戦の二年前です。前の年に決めて、翌年にもう飛行場できちゃうんです。だいじょうぶなんですかね？

そしてそこから、特攻隊が出撃しちゃうんです！

わたし、特攻隊って、みんな鹿児島県の知覧《ちらん》から飛んでたんだと思ってて、でも、それはもうぜんぜん間違ってて、九州のいろんなとことか沖縄とか、台湾なんかの基地からどんどん飛んで行ってるんですよね。それだけじゃなくて、千葉県の香取《かとり》とか神奈川県の横須賀《よこすか》なんかからも飛んでるってわかって。だけど、やっぱり、東京のうらはぐさあたりから、わたしたちが毎日こうやって生活してるこの場所から、特攻隊の飛行機が飛んでったって、かなりびっくりすることじゃないかと。いやもう、特攻隊自体、びっくりするスーサイドアタックだって、思うんですけども、え？　こんなとこからもかよ？　みたいな。ほんとに、わたし、びっくりしちゃったんですよね」

聞きながら沙希も驚いたし、芝生にのんびり座っている人たちが引きこまれて聞いているのもわかった。だから、マーシーは、なかなかいいスピーチをしていると言えそうだった。ただ、心配だったのは、だんだんマーシーが早口になってきて、顔色も青ざめてくるように見えたことだった。息が上がっているようでもある。

「だって、特攻隊って、十七歳とかの子もいたそうなんですよね。平均年齢は二十二歳だって、どっかで見て。そんなのって、えー？　いまの自分くらいじゃんと思ったら、もう、どうしたらいいかわかんなくなっちゃってええ」

呼吸も乱れてきたマーシーは、ちょっと泣いているのではないかとすら思われた。

どうした、マーシー？　最前列で見守る沙希の両こぶしにも力が入る。

「え？　うらはぐさの歴史って、こんなに戦争と繋《つな》がってるんだって思って。いや、だからそれは、もちろん、日本中が戦争してたし、世界中が戦争してたから、驚くようなことじゃないんだけど、つまり、わたしが言いたいのは、戦争するってことになっちゃったら、もう、生活はふつうじゃなくなるっていうか。あ、それも、当たり前ですよね。戦争ってそういうことでしょうって、頭では理解できても、気持ちがついていかないっていう。それで、そのことを知ってから、いろんなものが違って見えるようになってきちゃったんですよね」

ここで、マーシーは息継ぎをするように一呼吸置いた。

「たとえば、この大学の講堂、ありますよね。三号館の向かい側の、すごいすてきな建物で、わたし、あそこで入学式したとき、すごくうれしくなっちゃって、ここで四年間過ごせるのっていいなって、このキャンパスと古い講堂が好きになって。もう、ぜったい、いちばん好きなとこです、東京で。あ、わたし、出身は関東ですけど、群馬県なので。はい。二時間近くかけて通ってますけど。

それで、大好きな大好きな建物の設計をした人が、アメリカ人の建築家なんですけど、レオナルド・ワシュコビックさんていって、有名な人だし、有名な人の弟子だし、ワシュコビックさんの弟子も有名なんですけど、その人が、この講堂ができたあと、せ、戦争中に、戦争中に、アメリカの空軍だかなんだかに頼まれたんです。アメリカの、アメリカの砂漠かどっかに、日本のむ、村を、日本の木造建物を再現したむ、むら、むらむらむら、むらを作ってくれって。それは、なんのためかっていうと、日本のむ、むらむらむらが、ま、まちまちまちが、もくぞおお建築、もくぞおお。だから、しょうい、しょうい、ばばばば、ばくだん、ばくだんを、安い、ばくだんで、ぼぼん、ぼぼん、ぼぼん」

安い爆弾でぼぼん、ぼぼん。

芝生で小さい娘を遊ばせていたお父さんが、そこで思わず失笑を漏らした。沙希はそのお父さんをキッとにらんだついでに、芝生に座っている人々を見回してみたところ、先ほどまでは話に聞き入っていたかに見えた聴衆は、いつのまにかステージから目を逸らして、それぞれスマートフォンに見入ったり、友人と会話を始めたりしている。

「亀田マサミさん、そろそろお時間が」

司会の女子学生が、バラエティ番組の女性アナウンサーを目指していますといった感じの笑顔を崩さずにうながす。しかし、マーシーは聞こえていないようだった。

「安い、焼夷弾《しょういだん》で、日本の街がどれだけ燃えるかをテストするために、アメ、アメ、アメリカのどっかにもくぞおお、もくぞおお。もくぞおおを作って、大、大、大成功だったから、ぼんぼん、ぼぼん。

こうどうを、作った人が、ばくだん、ウラハグサシティ、とっこうたいがしゅつっしゅつ

っしゅつげきしてびゅんびゅんびゅううん。

わったしーはー、そういうのっ、わっ、とおっとおい、とおいいいい話とおもってたけっどー。とおいいい話じゃなくって、く、くらいな、うっく、くらいな、うくらいなで、せんそー、ば、ばくだんー。うくっうくっうくらいなだけじゃなくって、せ、せっせっせー」

あ！

と、沙希が叫ぶより早く、マーシーは特設ステージの上でひっくり返った。


「やっちまったね、マーシー」

電話の向こうでパティが言った。

「よくあるの？　これ」

「いや、どうだろ。興奮して過呼吸で倒れたことあるって、前に言ってたけど。先輩んちって、学校から近い？」

「わりとね」

「じゃ、いまから迎えに行く。先輩、マーシーんち、知らないよね？」

「知らない。群馬県で、二時間かかるとか」

「マーシー、起きたら、とりあえず、うちに連れてくる。いま、まだ寝てんでしょ？」

「うん、横になってる」

「チャリで行くから、十分ちょいかな」

学園祭には行く気がないが、友人のためなら自転車に乗って飛んでくるパティは、なかなか友だち甲斐のある人物のようだ。

ステージ上でマーシーは昏倒《こんとう》し、学園祭実行委員によって、すみやかに救急車が呼ばれた。沙希は、自分がこの大学の教員であること、倒れた女子学生とは面識があり、彼女の親しい友人と連絡をつけることも可能であることを話して、救急車に同乗した。

救急車は到着に七、八分かかり、受け入れ病院に行くのにも十分かそこらかかったが、その間にマーシーの呼吸は安定してきて、病院に着くころにはふつうになっていた。それでも、倒れているからには検査をしなければならないということで、いくつかの検査がなされる間、沙希はぼんやりとロビーのソファに腰かけて待った。

診断は「過換気症候群」、ようするに過呼吸で、過度のストレスがかかって発症したということらしい。とくに薬も出ず、リラックスして休めば気分もよくなる、今後はストレスコントロールを自分でできるように訓練したほうがいい、今日はストレスでビタミンCが大量に消費されているので、夕食でしっかり緑黄色野菜を食べるがよい、というようなことを言われたらしい。

「マーシー、ちょっと、うちで休んでいく?」

そうたずねると、マーシーはこくんこくんと素直にうなずいてみせた。

それで沙希は病院でタクシーを拾い、家まで連れ帰ったのだった。

ちなみに玄関わきのメロンはすでに収穫し、ピクルス液につけこんである。割ってみると、たしかにメロンの色と匂いをしていたものの、まったく甘さというものが備わっていなかったからだ。歯ごたえと香りと、「我が家で採れた」という物語をだいじにする方法を考えるしかないと思い、結論として保存食が採用されたのだった。梅の実でも、山椒でも、庭の恵みは保存するに限る。

日が暮れかかってきたので、沙希はマーシーを寝かせたまま台所に立った。

あけび野商店街の丸秋足袋店での出会い以来、刺し子姫と秋葉原さんは頻繁に野菜を差し入れてくれる。屋上で日の光をいっぱいに浴び、秋葉原さんに丁寧に育てられた野菜たちは、驚くほど味が濃くておいしいのだった。ビタミンCも豊富だ。

たまねぎとサツマイモ、黄色のと、緑と赤の混じったパプリカ、今朝採れたという大きなナスを選んで、沙希は料理に取り掛かった。

マーシーやパティが来ることは想定外だったから肉の買い置きは鶏もも肉が少ししかなかったのだが、包丁で叩いて、味の出やすいひき肉にする。たまねぎはみじん切りにして、ひき肉と炒め合わせ、市販のルーを使ってカレーのベースにし、ほかの野菜は適当に切って素揚げした。肉が少ない分、素揚げした野菜がコクを出してくれることを期待し、米を研いで炊飯器にかける。

パティは自転車をこいで颯爽《さっそう》とやってきたが、沙希がカレーを作っていると聞くと、目を輝かせてＡＢスーパーに福神漬《ふくじんづけ》を買いに行った。カレーに福神漬は昭和の食卓かと思っていたが、パティの家では「マスト」なのだそうだ。

福神漬がＯＫなら、やはりカレーにはピクルスであろうということで、沙希はパティの買ってきた福神漬と「しのびよる胡瓜」ことメロンのピクルスを小皿に盛った。

沙希は、結局、伯父の家具や食器を「居抜き」で使っているので、揃《そろ》いでもなんでもない三つの器に、野菜カレーは盛り付けられた。かろうじて一つはカレー皿らしい洋皿だったが、一つは少し大きめの片口鉢、もう一つはどんぶりが選択された。伯父の食器棚から器を選び出したのはパティだった。

カレーの匂いに鼻孔がくすぐられたのか、家に着くなり寝てしまったマーシーも起きてきて、三人で伯父のちゃぶ台を囲むことになった。沙希にとっては、この家で迎える初めてのお客様だった。

「先輩、これ、うまい！」

「野菜の旨味《うまみ》がスープに完全にお出になっていますね」

大学生たちは、はしゃいだ。素揚げ野菜のカレーは、何度も人に作って食べさせたことのあるメニューだったが、こんなに喜んで、おもしろいほどおかわりをしてくれる女子学生たちを見ていると、若いっていいなあとほのぼのしてくる。

「マーシー、ほんで、なんで倒れたん？」

カレーをふがふが搔《か》っ込みながらパティがたずねた。

「そりゃまあ、緊張だねえ。最初のうちはよかったんだけど、途中から興奮してきちゃって、それなのに、なんか空気が変わって、みんなが聞いてくれてない感じがしてきて、焦って、からまわりしてって、そんな感じよ。メロンのピクルスいいです、先輩。カレーに最高です。いい感じに味をお変えになって」

「マーシー、敬語、ちょっと変だよ」

「まじかよ、めっちゃ気ぃ遣ってんのに」

「気ぃ遣うの、ちょっとやめてみ」

「無理。性格だから」

「まあ、そんじゃ、しょうがないね」

女の子たちの会話は、適当に脱線しつつ、やはり「うらはぐさの歴史」に還《かえ》っていく。マーシーが話していたのは、東京のうらはぐさに陸軍の飛行場が作られ、特攻機が出撃したという史実と、大学の講堂を設計したアメリカ人建築家が母国の空軍に依頼されて、日本の木造家屋を模した街並みをアメリカのユタ州に建造し、焼夷弾の威力を試すのに協力した、つまり、焼夷弾で日本の家がどれだけ燃えるかの実験に関与したという史実だった。

「戦争なんて、もう八十年近く前に終わったことなのに、急にぐわっと、その歴史が足元の地面の奥から噴き上げてきたみたいな感じがして」

「たしかにね。わたしは講堂を作った建築家の話は知ってたけど、ウラハグサシティが飛行場で、特攻が飛んで行ったっていうのは知らなかったな」

「爆撃とか、そういうの、ぜんぜん身近じゃないけど、でも、いまウクライナで戦争してるでしょう。ウクライナだけじゃなくて、紛争地は世界中にあって、爆弾は飛んでる。ていうことは誰かが落としてる。そんなことをぐるぐる考えてたら息が詰まってきて」

パティは、どうどうどう、と言いながら、マーシーの背中を右手で撫《な》で、左手でカレー鍋につっこんであるお玉を握る。

「しかし、うまいな、これ」

パティは三杯目のおかわりにたっぷりカレーを注いだ。

「ごめん、野菜の素揚げをもっと作っとくんだったね」

「ぜんぜんだいじょうぶ。この具なしカレーと福神漬があれば、いくらでもいける」

具なしではないんだけどな、と思ったが口には出さずに、沙希は難しい顔をしているマーシーに声をかける。

「有意義だったと思うよ、マーシーの発表。人間の住んでいる土地には、多かれ少なかれ、歴史の層が積み重なってるという事実を思い起こさせたもの。それから、戦争が始まってしまうと、日常は戦時体制に変わってしまって、誰もが戦争遂行という方向を向かざるを得なくなるってことも」

なぐさめるつもりで言ったのに、マーシーはへの字口をやめない。パティがカレーを頬張って、ふがふが言いつつ解説する。

「ひがうんだお、先輩。マーヒーが悩んでんのは、あーまた、やっちまったってこと」

「やっちまうって、過呼吸？」

「じゃなくて、そうだな、先輩の言う、有意義なことをやっちまったってこと」

「なにがいけないの？」

「途中から、聴衆の心が離れていくのがわかりました。ああいうことは、力、三割くらいで言うようにしないと浮いてしまう。言わぬが仏と言いますか」

それを言うなら、言わぬが花だろうと思ったが、どちらにしてもピントの外れた慣用句のように沙希には思える。

「ちゃんと聞いてた人もいたでしょうに。そこまで全聴衆から注目浴びなきゃいけない？」

「先輩はおわからないと思います」

おわかる？

「注目はむしろ、浴びたくない。万が一、いわゆる、ふつうの、一般の女子学生たちの輪から外れて浮き上がってしまいますと、わたしの今後のキャンパス生活が孤独きわまりなくなるというか」

「マーシー、マーシー、そこは悩みどころじゃないよ。マーシーはすでにじゅうぶん浮いてるし、どんなに頑張っても沈まないよ。不特定多数の沼の中に沈み込むことは不可能だよ」

「すでに？」

マーシーは眼鏡の奥の小動物のような目をうるませんばかりである。

「注目浴びたくない人が、弁論大会に出る？」

「あれは、実行委員の一人にどうしてもと頼まれまして」

「そうなの？」

「わたし、友だちがいないので、声をかけられて舞い上がってしまいまして」

「いるじゃない、パティが」

「パティのことは大好きですが、彼女は陸上部のエースで、周囲から頭一つ抜けています」

「そうなの？」

「うん、そう。陸上部だけに、横並びはどっちかというと嫌いなタイプ」

「エースと友だちなんて、すごいじゃない！」

「そこがまた悩みの種でして」

「悩んでもしょうがないじゃん。マーシーは意識高い不思議ちゃんで、いいじゃん」

パティになぐさめられて、マーシーは梅干しを噛みつぶしたような顔をした。

「現代の女子学生にとって、〈意識高い〉認定はそのまま、存在自体の否定、学生コミュニティからの追放に繋がります！　生きづらさの極致です」

「マーシー、そんなに生きづらいの？」

「いえ、いまんとこ、そんなでも。ですから、そこは隠し通して今後のキャンパス生活を」

「だから、隠せてないってば」

「それに孤独でもないじゃないの」

　マーシーはなにがなんでも、まだ浮き上がる途中であって完全には浮いていないと思いたがり、浮こうが浮くまいがどうでもよかろうという認識には立てないようだった。

　気持ちはともかく体の調子は回復したらしく、食事を終えるとマーシーは、パティと二人で家じゅうを見て回った。小さい家なので、たいして時間もかからなかったが、二人は〈となりのトトロ〉の姉妹のように楽しげだった。伯父の荷物が未整理に詰め込まれた二階の部屋にならなら、まっくろくろすけがいてもおかしくない。

　庭に出ると、パティは真っ先に柿の実に目をつけた。

「先輩、これ、なに？　採らないの？」

「うん、そうね。毎日、忙しくてね」

　それにめんどくさいしさ、と、沙希は心の内でつぶやく。

「鳥が食べちゃってるじゃん。きっとおいしいんだよ。採ろう」

「え？　いま？」

「梯子《はしご》とか枝切り鋏《ばさみ》とか、ある?」

「花鋏ならあるけど」

「この木、めっちゃ、しっかりしてるから梯子なくてもいけそう。先輩、鋏、持ってきて。マーシーは袋かなんかを」

「いまはよそうよ。もう暗くて危ないよ」

「じゃあ、明日、採りに来る」

「明日?」

「学園祭の振り替えで休みだし。マーシーは今晩、うちに泊まるし。マーシー、柿はビタミンCが豊富なんだよ」

女子学生コンビは二日連続で沙希の家にやってきた。

背は高いが贅肉《ぜいにく》のまるでない機能的な体をしたパティは、躊躇なく柿の枝の瘤《こぶ》に足をかけ、あっという間に太い枝の上に立った。そして、手の届く範囲の柿をぷつん、ぷつんと枝から切り離しては、マーシーに投げ渡す。こうして収穫した柿を、三人はお茶うけに味わい、マーシーとパティはそれぞれ一袋ずつお土産に持って帰った。

以来、二人の女子学生は、頻繁に沙希の家に「お出入り」することとなった。

四　スティルトンとメノポーズ

夢に、大鹿マロイが出てきた。

沙希は、東京に舞い戻ってからというもの、マロイの夢を一度ならず見たことがある。友だち以上のつきあいだったことは一度もないし、心中秘《ひそ》かに恋をしていたというようなこともないので、なぜマロイが登場するのかはひたすら謎だったが、夢に論理的な必然があるのだとすれば、やはりそれは沙希がここ、うらはぐさの地に舞い戻ったことと関係があるのだろう。

夢はひどく具体的で、沙希は大学の帰りに、あけび野商店街のコーヒーショップに寄っている。テルマコーヒーという小さい店で、照間《てるま》さんという沖縄出身の若い夫婦がやっている実在の店だ。店内に座れる場所はないのだが、何種類かの淹《い》れたてコーヒーのテイクアウトと、豆の販売をしている。

沙希は、キャラメルラテを注文し、「テルマ・ブレンド」を一袋買い、家路についたのはよかったが、商店街を抜けるあたりで雨が降り出した。

そういえば夜から降り出すと、今朝の予報で言ってたわ。

沙希は顔をしかめた。朝は、念のために折りたたみ傘を持って出る自分の用意のよさを自賛しながら家を出たはずなのに、すっかり忘れていた、と思う。雨脚が強まってくる。肩にかけた布製のバッグから、折りたたみ傘を取り出して広げることはできる。しかし、その場合、キャラメルラテはどうすればいいのかという、根源的な悩みに、夢の中の沙希はとりつかれる。

バッグを右肩にかけたまま、右手でペーパーカップを持ち、左手で傘を差して歩くというのも、できなくはないが、この布製バッグが沙希のなで肩からやたらとずり落ちてくるので、しょっちゅう担ぎ上げなければならず、カップを持っていると非常に不安定だ。

しばし、シャッターの下りた店のひさしの下に避難しつつ、沙希は考える。丸秋足袋店まで戻れば、秋葉原さんか刺し子姫が中に入れてくれるだろうとは思ったが、商店街をかなり戻って私鉄の駅の近くまで行かなければならない。沙希の住む家からは遠くなってしまうし、行くまでの間、やはり傘を広げないわけにはいかない。

このひさしの下で、キャラメルラテを飲み切ってから、傘を広げて帰るという選択肢も思いつくが、キャラメルラテはまだ熱いので、かなり長い時間をこの場所で過ごさねばならない。なんだかわびしい。

と、商店街を少し外れたあたり、斜め向こう側にある、一軒のコインランドリーが目に入った。灯《あか》りのついたコインランドリーの中に、パイプ脚のついたテーブルと椅子があることに気づいたのだ。

屋根の下のテーブルと椅子。まさに、沙希が求めているもの。

きょろきょろと見回しても人通りはなく、コインランドリーにも人はいなかった。無人なら一息ついても咎《とが》められることもないだろうし、洗濯機や乾燥機を使用しない限り料金が発生することもない、これはよい場所を見つけたものだ、と思い、足早に道を渡るとコインランドリーに駆け込む。

「ふぅ！」

大きく息をつき、テーブルにキャラメルラテを置き、バッグからハンカチを取り出して、濡れた髪や肩の先をぬぐった。

そして、引くとキィイーと音のするパイプ椅子に腰かけ、もう一度、

「ふうう！」

と、息をついた。今度の「ふうう！」は意識的で、自分に対して「よくやった」とか「やれやれ助かった」と声をかけるのに近い意味合いだ。キャラメルラテはまだじゅうぶん熱くて、甘くて、夢の中ですらいい匂いがする。

スマートフォンを見ながら一息ついていると、雨合羽を着た人が自転車に乗ってやってきて、店の前に止まった。こんな雨の夜にも、コインランドリーに来る人がいるんだと思って、

沙希は小さく舌打ちする。できれば、このテーブルと椅子を独占したまま、キャラメルラテのために雨宿りしていることを人に知られたくないと思っていたからだ。でも、誰だって、雨が降れば軒下を借りることはあるのだと、自分に言い聞かせていると、背の高い、痩せた男が入ってきて、雨合羽のフードを後ろに払った。

男は慣れた手つきで洗濯物を洗濯機に入れ、お金を入れて、機械を回し始めた。沙希は、男が座りやすいように、隅の椅子に移動し、キャラメルラテを飲むペースを早める。男は反対側の隅に腰かけて、沙希と同じように、携帯端末を手に取った。衣類が回転する音だけが響く時間が過ぎた。

最後に底に残った泡をすすり上げると、沙希は店内を見回し、カップを捨てられそうな場所がないことを確認して、布バッグにそれを入れ、マスクをつけて立ち上がる。長居をしたいわけではないのだ。

自動ドアを開けて外に出て、布バッグから取り出した傘を広げようとしたとき、ふと、足の先にタオルが落ちているのに気づく。アニメのキャラクターかなにかがプリントされていて、マジックで名前が書いてある。小さい子どもが使っているもののようだ。

沙希は少し当惑する。自分が店に入ってくるときは、そこに落し物はなかった。

念のために拾い上げ、出てきたコインランドリーに入って、テーブルの上にタオルをひろげた。マジックで書かれた名前が目に飛び込んできた。

「あ！」

思わず、沙希は声を出した。男が携帯端末から目を上げ、同じように、

「あ！」

と、言った。

「すいません、それ、うちのです」

と、男は続けた。

「チャンドラーのファンなんですか？」

沙希は言った。立ち上がった男はびっくりして、マスクの上の丸い目をきょろきょろさせた。

「あー、名前、ですか？」

男は言いながら近づいてきて、タオルを取り上げ、回っている洗濯機の一時停止ボタンを押すと、無造作にその中に放り込み、また機械を回転させる。

「いや、昔、友だちに、自分がそういうあだ名をつけられて。子どもが生まれたときにカミさんが、よくある名前じゃないのがいいって言うから、ノリでこんなのどうかって言っちゃったら、いいよね、みたいなことになっちゃって。カミさん、辞書引いて、角がなくて穏やかって意味があるから、やさしい子になりそうでいいとか言って」

沙希は、その背の高い男にぴたりと目を据える。な、なんすか、と、男は小さい声で言っ

て、一歩下がる。沙希は輪転する機械に目を移し、あの文字がもう一度読めないかと目を凝らすが、高速で回っている上に、ほかの衣類といっしょになっているせいで、もはやタオルの存在も確認できない。しかし、タオルにはたしかに、

「おおしか　まろい」

と、書いてあったのだ。

そう、なんという回りくどい再会。夢ではなく、うつつの世界の沙希は、行きつけの飲み屋で再会する場面くらいしか思いつかないのに。

「ひょっとして、大鹿康夫さん？」

沙希がそのように問いかけると、男はけげんそうに眉根を寄せた。

「わたし。田ノ岡沙希。大鹿マロイって呼んでたの、わたしだよね？」

沙希はマスクを外した。大鹿康夫は、その場にかたまって動かなくなった。

フリーズしていたマロイこと大鹿康夫の第一声は、

「なんでこんなとこにいるんだよ！」

だった。

それはこっちのセリフだと沙希は思ったが、手早く自分の状況を説明した。

「まじかよ。じゃ、あれだな。お互い、出戻ったわけだな」

マロイはパイプ椅子にどすんと音をさせて座った。そして、なにか考えるようにしてポケ

ットをまさぐり、煙草《たばこ》を出して吸おうとしたが、沙希が顔をしかめて左右に振ったのを見て、小さく口をとがらせてもう一度ポケットにそれをしまった。

「お父さんなの？」

沙希はたずねた。

「ああ、うん」

と、マロイは答えた。

「家族連れで、出戻ってるの？　出戻るって言ったって、実家、秋田じゃなかった？」

「あそこには戻れないんだ。もう弟の家だし」

「で、ここに出戻ったのね？」

「うん、まあ、ひとりでな」

「ひとりで？」

人の人生には、いろいろある。二十年、三十年という単位で月日が流れてしまうと、追いつけないことでいっぱいだ。

ここで夢の中の沙希は、マロイの身に起こったことをいつの間にか理解する。もしかしたら、洗濯に三十分、乾燥に三十分の一時間で、それらが語られたのかもしれない。

マロイは、かなりの借金を背負って、友人、知人から逃げるようにして東京を離れた。沙希が彼と数年ぶりに、本郷だかどこかで再会してから、そんなに日の経たないころのことだ。

職も居住地も転々として、九州でスーパーマーケットの店員をしていたころに、店の客だった女性と恋に落ちる。

夢《ゆめ》ちゃんという名前すらついている、そのかなり年下の女性は、のちに「まろい」と名づけられる男の子の妊娠をきっかけに仕事を辞めて結婚したのだが、家にばかりいるのはつまらないと、地元の名産柑橘類入りチーズケーキを開発。ネットで発売してヒットを飛ばし、ふるさと納税の返礼品にまで選ばれて、事業家として成功してしまう。

そうして間もなく、彼女に新しい男性があらわれた。

俺より若くて、いい男で、金も持ってたと、マロイは言う。

夢ちゃんは働き者で、あらゆる方面に能力があって、なにかのためになにかをあきらめるような人じゃなかった。欲しいものはなんでも自力で手に入れたし、そうする権利のある人だった。俺なんかといっしょにいたのが奇跡みたいなことだったんだよ、と、マロイはコインランドリーのパイプ椅子に座って、述懐する。マロイの借金返済にも、彼女は協力したのだ、もちろん、そのころは、愛情ゆえに。

彼女は新しい夫を選択し、息子の親権も持った。マロイは異議を唱えなかった。それでも、元妻が新しい夫と暮らし始め、そこに新しい三人家族が出現し、月に一回三時間、息子に会う生活が始まると、その街で、それに耐えるのは難しかった。

マロイは、あるとき、ふらりと、あけび野商店街にやってきた。夢の中では、「布袋」の禿げ頭の親父がまだ現役で、マロイが二十数年ぶりに上京して店を訪ねたときに、つい、懐かしくて声をかけ、いろいろ話をしたのだという。

「それで、なんとなくこっちに戻ることに」

「じゃ、いまも『布袋』には行ってるの？」

「まあ、そうだね、たまに」

こうして夢とうつつの想像力は、「布袋」でリンクする。

ところで、夢の中の沙希は唐突に泣き始める。説明はなし。「布袋」の親父と会って、久しぶりに飲んで、というあたりを聞いているうちに、さーっと涙がこぼれ落ちる。

「な、なんだ？　どした？」

「どうしたって、だって」

コインランドリーの蛍光灯は、チカチカと不安定で、洗濯物は音を立てて回り、外の雨は降りやまず、パイプ椅子は少し動かすとキイキイ音がした。

夢はそんなふうに終わっていた。

「どうしたって、だって」

と、叫ぶように言って、沙希は泣きながら目を覚ました。

昔、最後に会ったときに、首くらなきゃと、何度も言っていた大鹿マロイは太っていて、青白くむくんでいて、不健康だった。チラシを握りしめた手が震えていて、目もどうかすると泳いでいた。でも、夢の中のマロイは痩せていた。マスクをしていたのでよくわからないけれど、あっさりマロイだと思ったのだから、「布袋」でよく会っていたころのマロイだったような気がする。それなのに、自分と同じく年をとった「中年男性」と認識して物語が進んでいたのも、思い出してみれば奇妙だが、夢なので仕方がない。

だって死んじゃったかもと思ってたから。

起き出して、顔を洗いながら、沙希は考えた。

なぜ、大鹿マロイは夢に出てきたんだろう。沙希は自分自身に説明するのも難しい感情の波にさらわれた。

それは日曜日の朝のことで、沙希は感傷的に夢に浸っているわけにはいかなかった。この日は、裏葉草《うらはぐさ》八幡宮《はちまんぐう》で、流鏑馬《やぶさめ》が行われることになっていたからだ。

回覧板、というものを、沙希はずいぶん長いこと目にしたことがなかったのだが、伯父の家のある住宅街では地域住民の間でたしかに回されており、沙希も入居を機に町内会に入ったことになるらしい。従兄の博満がゴミの出し方とともに、扱い方を伝授していった代物であった。

「読まなくてもいいけど、日付とハンコは忘れないで。来たらすぐ回して」

回覧板なのに、読まなくていいことがあるだろうか。それでは「回板」であって、「回覧板」ではないじゃないか。そのような反抗的な気持ちがむくむくと湧き上がってきたこともあり、沙希はきちんと目を通すことにしている。そして、案外、発見もあるのだ。

まず、毎月、第二土曜日に、古民家を改築したコミュニティスペースで、野菜の販売会が行われていることがわかった。秋葉原家から新鮮な野菜をもらうことは多く、ひとり暮らしの沙希が買いに出る必要もあまりないのだけれども、ここに行くと野菜だけでなく、地元の人気パン屋さんも出店していて、ジャムや輸入チーズなども売っている。市場に行く感覚で出かけると楽しめる。

そして、先々週の回覧板で、沙希は「裏葉草八幡宮神事流鏑馬のご案内」というものを見つけたのだ。なにやらたいへん由緒のありそうな催しである。

「五年に一度の神事ですが、コロナ禍で開催が見送られたため、本年度は八年ぶりになります」

八年ぶりの神事。ものすごく日本って感じのイベント！

研究室に遊びに来たマーシーとパティに話すと、いっしょに行きたいというので、沙希は三人分の参観券を用意することになった。裏葉草八幡宮は伯父の家から歩いて四、五分の立地にあり、当日の朝九時から券を発売する。それを持っていないと午後三時からの流鏑馬を鑑賞できないというシステムなのだった。

ともあれ見た夢のことは忘れて、九時過ぎに、背を丸め、両手をこすりながら、八幡宮へ出かけて行った沙希は、そこにできた長蛇の列を見て仰天した。誰もが当然の顔をして、ディズニーランドの人気アトラクションに並ぶみたいにロープで仕切られた列に加わり、警備員の指示に従ってしずしずと進んでいる。その警備員が、拡声器で訴えていた。

「参観券は数が限られており、お並びいただいてもご購入いただけない場合がございます。現在、多くの方にお並びいただいており、ご購入いただけない可能性がかなりございます」

かなりございます?

「お並びいただいても、ご購入いただける保証は一切、ございません」

「例年は、この時間に、ここらあたりにお並びの方ですと、ご購入いただけない可能性は、はっきりいって濃厚です」

「よくお考えになってから、お並びいただきますよう、お願い申し上げます。お並びいただいても、ご購入いただけなかった事例が、過去には多々ございます」

「お並びいただいてご購入いただけなかった場合、お並びいただいた時間と労力の損失はすべて自己責任となっております」

「参観券は数が限られており、お並びいただいてもご購入いただけない場合がございます。現在、多くの方にお並びいただいており、ご購入いただけない可能性がかなりございます」

なにやらすさまじい文句を、いくつか用意して繰り返している。後から来た人たちはあきらめて帰って行き、列から離脱する人々もあらわれた。

なんという人気イベント！　回覧板以外で、とくにインフォメーションを見かけた覚えはないが、地元では根強く愛されている行事なのだろう、と、沙希も思い、並んでも買えなかったといえば、女子学生二人にも申し訳が立つだろうと、ひたすら両手をこすって温めながら待っていると、三十分ほどで順番がやってきて、「ご奉納」と書かれた参観券を入手することができた。

なんだ、買えたじゃないの。

あれは、一種の、転向を促す脅しとか、忠誠心を試す踏み絵のようなもので、あそこでひるんで並ぶのをあきらめると、この「ご奉納」ができなくなるというシステムなのね。

並ぶとか待つとかいうのが、まったく好きでない沙希は、うっかりすると帰っていたかもしれないし、自分だけのためならさっさとあきらめていたに違いないのだったが、こう、スルッと買えてしまうと、たいして勉強もしなかった試験にうっかり通ったような、甘美な背徳感すらつきまとう。こうなると、次の試験の前にもけっして勉強しないのと似て、仮に五年後にまた流鏑馬を見に来ることがあっても、九時前に列に並ぶことは絶対にないだろう。

女子学生二人がやってきたのは午後二時半を回ったあたりだったが、境内《けいだい》に入ってみると、そこはやはりかなりの人出で、三時からの催しにはすっかり出遅れた形になった。それでも、お嬢さんたち二人は文句も言わず、少しでも見物に適した場所に陣取ろうとして、石段の上に登って警備員に叱られたりしていたが、やがて、悪くないポジションを見つけて、沙希を手招きした。

境内の三箇所に的がかけられ、射手は馬を走らせたまま、矢をつがえて放ち、的に当てる。的は四角い板でできていて、矢が当たるとパンと音を立てて割れる。たまに、当たっても的が割れなかったり、的を支える棒に矢が当たったりすることがあるけれども、それらも「当てた」ということになるのだと、解説のアナウンスがあった。

アナウンスは手厚く、微に入り細をうがった解説をしていたが、いかんせん、マイクに問題があるのか、音が割れるのであまり耳に入ってこなかった。それでも、マーシーが時折、通訳のように伝言してくれることもあって、裏葉草八幡宮には源頼朝《みなもとのよりとも》が立ち寄ったことがあるとか、頼朝が鶴岡《つるがおか》八幡宮で流鏑馬を奨励したので武士の間で広まっただとか、そんなことを聞きかじりながら、疾走する馬上から放たれる矢が的に向かうのを見物した。

流鏑馬の特徴は、競馬で言うところのギャロップ、つまり全力で走る馬から矢を射る豪快さなのだと、アナウンサーが言い、それがマーシーによって沙希の耳元で再現された直後に、やたらと鈍くさい馬が、射手を乗せてよろよろと歩み出たのが見えた。

「本日、最年長の馬が出てまいりました。馬はコーネンキに入りまして」

一瞬、そのようなアナウンスが耳に飛び込んできて、沙希は息を呑んだ。

馬が更年期？

更年期の馬？

「のろのろしてますね、この馬」

「これは当てやすいよね、射手も」

マーシーとパティが沙希のかたわらで会話すると、まるでそれが聞こえたかのように、アナウンサーはマイクのボリュームを上げ、

「馬の脚が遅ければ的に当たりやすいかと申しますと、そんなことはありません。射手はギャロップのペースに慣れておりますので、かえって」

ここでまた、キーンと嫌な音が境内に響き、アナウンサーの声が聞こえなくなった。

それでも射手は、パン、パン、パンと、きれいな音を立てて的を割った。

マーシーとパティは「馬の脚が遅いとかえって難しいというのが真実かどうか」について意見交換をしており、沙希にも見解を求めてきたが、沙希の頭の中には、「更年期の馬」という言葉が旋回していて、まったくの聞き間違いか見当違いな想像のために、どうかすると傷ついたみたいな気持ちになっていたのだった。

「先輩、どうされました」

と、マーシーが言う。

「ねえ、さっき、馬が更年期に入ったって、言った?」

「コーネンキ?　いや、高齢がどうの、とは言ってましたけど」

「馬齢はなんとかかんとかで、人間の年齢にしてみると八十歳って言ったと思う」

「八十歳？　それじゃもう、更年期なんかとっくに抜けているわね」

「先輩、更年期がどうしたんですか？　誰もそんなこと、言ってませんよ」

馬たちは、都合、十二回ほど境内を走り抜けて流鏑馬の奥義を披露し、沙希と女子学生たちはそれなりに堪能したのだったが、なぜか、沙希の頭には「更年期の馬」がのろのろと走っており、そこに「馬齢を重ねる」という慣用句のイメージが重なって、若干、落ち込むことになるのだった。

流鏑馬を見たあと、女子学生二人は沙希の家に寄り、お茶を飲んで体を温めてから帰って行ったのだが、紅茶といっしょに、前の日の土曜日に古民家コミュニティスペースで買ってきたフランスパンを薄くスライスしてトーストし、やはりそのパン屋の出店で買ったブルーチーズと杏《あんず》のジャムを載せてお茶うけに出すと、マーシーは、ややや、と言って、しげしげとブルーチーズを眺めた。

「先輩、これはもしや、スティルトンチーズでは」

沙希はチーズをくるんでいたラップを取り上げて、目を近づけた。

「うん、そうみたい。スティルトンと、書いてある」

「スティルトンチーズは不思議な夢をお見せすると言われているんです」

「あー、知ってる。それ、何年か前にバズったよね。食ってすぐ寝ると妙な夢見るって、チーズ食べパーティーする人とかいたもん」

「そうそう。明晰夢《めいせきむ》を見るって話も」

「明晰夢？」

「自分は夢を見てるんだってわかってる夢で、自分で続きや結末をご誘導することもできるそうです」

沙希は内心ひそかにとんでもなく動揺した。

ブルーチーズは好物で、古民家の販売会で見つけたときは小躍りして買って帰り、昨晩は買い置きのエンドウ豆のポタージュスープを温めた以外は、パンとチーズだけで夕食にしたようなものだった。誰はばかることもないので、好きなものばかり一気食いしてしまう、ひとり暮らしの典型のような食べっぷりだったのだ。

もしや、そうなのか。

スティルトンチーズとやらの効能により、大鹿マロイは沙希の夢の中で主役級の登場を果たしたのか。

「先輩、最近、変な夢見てない？」

女子学生二人に、マロイのことを話すのは少し面倒だったので、ははは、どうかな、見ても忘れちゃうからな、と、沙希はごまかした。

「寝る直前にお食べしないと、効果ないみたいなんですよ」

「変な夢見たら、教えて」

ははは。

と、笑いつつ、沙希はブルーチーズを凝視した。

女子学生二人は帰って行った。マーシーはおそらくパティの家に泊まるんだろう。

スティルトンチーズ。変な夢。明晰夢。夢の誘導。

皿やカップを片づけながら、あの夢に続きがあったら、どんなことになっていたんだろうと考えて、沙希は、ぷるるん、と頭を左右に振った。

なぜ大鹿マロイが夢に出てくるのかも不思議だったが、彼が子持ちだったことも奇妙だった。彼はほんとに大鹿マロイだったのか。

そして沙希は、こんどはひとりで笑い出した。

ほんとにってなに？　ほんとにって。夢の中の話なんだから、どう転んでもほんとじゃないよね。

夢のことは気になったので、講義の帰りに、コインランドリーを探してみたりした。商店街の近くにコインランドリーはなく、家の近所に一軒、これをモデルにした店だったのかと思わせるさびれた店があった。ふだん、まったく注意を払った覚えがないだけに、夢の中でその佇まいが再現されていたことにも意表をつかれた。

「重要なのは、友だちそのものではないんじゃないかしらね」

と、刺し子姫こと秋葉原真弓《まゆみ》さんは言った。

テルマコーヒーでキャラメルラテとふつうのラテを購入し、丸秋足袋店を訪ねると、案の定、秋葉原さんは外出していて、刺し子姫が店番をしていた。

「そう言うじゃない。夢の中の友人っていうのは、その人本人ではなくて、夢を見た人自身だって」

「わたし自身?」

「そう。それが、友だちの姿をしてあらわれる。だから、重要なのは、友だちそのものではなくて、彼がどこにあらわれるかとか、彼がどんな属性をしているかとか、どんな行動をするかとか、そういうことのほうなんじゃない? そこに、夢を見た人の心があらわれる」

「真弓さん、カウンセラーみたいですね」

「嫌だ、余計なこと言っちゃった」

「いえいえ、そんなことはないです。説得力あります。駅前の焼き鳥屋の『布袋』と、そのマロイっていう友だちは、わたしの中でこの街のシンボルみたいなもんなんです。商店街だけじゃなくて、この、東京西部の」

「うらはぐさあたりってこと?」

「そうそう。まさに。それとか、ばくぜんとした〈若いころ〉とかの」

「気になっているのは、なにか、後悔みたいなもの?」

「後悔は」

少し、考えながら沙希は答えた。

「まあ、彼に最後に会ったときの会話はあれでよかったんだろうかっていう思いはあるんです。けど、その友だちのことではなくて、自分の人生に関してなら、後悔はないんです。ほんとに、ない。いつも選ぶべきものを選んでたと思うから。ただ、失敗は数限りなくしているんです。あと、いつの間にか失っていたものとか」

「そりゃ、あなた、そうよ」

と、刺し子姫は言った。

「それが年とるってことですもの」

丸秋足袋店の店先には、古いアラジンの石油ストーブが置かれていた。二人は、店のある三和土と奥の居住空間の間にある板間に腰をかけて、足の先をストーブに近づけて温めた。キャラメルラテも手伝って、体が温まってくると、ふいにぽろりと言葉が漏れた。

「メノポーズ」

刺し子姫は、けげんそうな顔をして、

「目のポーズ？」

と、繰り返した。

「イントネーションがちょっと違うかな。メノポーズって、更年期とか、更年期障害のことなんです」

「更年期障害？」

「ええ。じつは、それがわたしの離婚の」

刺し子姫は、少し驚いて沙希を見たが、何かを理解したのか、うんうん、と二回うなずいて、石油ストーブの火に目を移した。

「コロナの前あたりから始まって、ホットフラッシュとか、肩こり、目の疲れなんかは、まあいいほうなんですけど、気分がときどきひどく落ち込んで泣きたくなるのと、セックスが」

沙希は言葉を切って、それからぶっきらぼうに言い放った。

「つらいんです。乾燥して。もちろん、それを補うものとか、いろいろ試してみるんですけど、こういうものは自然に盛り上がらないとって、相手もつらかったみたい。それこそ二人でセラピーにも通ったけど、うまくいかなくて。彼はわたしより若かったし」

そんなことを他人に話し始めるとは思わなかったので驚いた。

「それだけが原因ではないんだけど、ともかく、そこでぎくしゃくしているうちに、コロナが来て、まあ、いろいろとあって。配偶者に若い相手ができてしまったのも、考えてみたら、わたし自身に起こったことで」

あの大鹿マロイは自分なのか。

と、沙希は自問した。

そういえば、二十代で情熱を傾けていた演劇から離れたのも、この街から出て行って舞い戻ったのも自分だ。そうなると、「まろい」と名づけられた男の子を持つことも、自分の願望から出ているものだろうか。

「子ども、自然に任せてたらできなかったし、別にそれで後悔もない。それは嘘偽《うそいつわ》りない気持ちなのに、友人が四十二歳で出産したときは、強烈な嫉妬に襲われて。それで気づいたんです。欲しかったんだって。後の祭りだし、納得してるはずなのに、どうして今更、夢なんかでそんな、忘れたいことを思い出させようとするんだろう。あれからすでに十年も経ってるし、大鹿マロイのことは、忘れたいなんて思ってないのに」

しばらく黙って聞いていた刺し子姫は、ラテのカップを脇に置いて、両手と両足をクマのぬいぐるみのように広げ、石油ストーブにかざした。

「ねえ、いまのことって、誰かに話した?」

「いやー、話してない。もちろん、セラピストには話したけど」

「わたしは夢のことはわかんないけどさ」

刺し子姫は手のひらをパーにしたりグーにしたりして、考え、考え、言った。

「話せるってことは、回復してるってことなんじゃない?」

「回復?」

「少なくとも、回復に向かってるから話せるんじゃない？」

「話そうって思ってなかったのに、口から飛び出しちゃったんですよ」

「だからさ、そういうのは、傷からかさぶたがはがれるみたいな感じなのかもしれないじゃない？　時が癒すとか、自然に任せるって、そういうことなんじゃない？」

沙希も、刺し子姫の真似をして、両手をストーブにかざした。パーとかグーとかやっているうちに、ちょっと気分が晴れてくるような気がした。

「更年期もね、あったと思うんだけど、もうぜんぜん覚えてないの。七十過ぎると。でもね、わたしなんか、まだ話せないこといっぱいあるな。子ども、置いてきてるからね、わたしの場合は」

「秋葉原さんといっしょになるために？」

「もっと、ずっとずっと前の話」

そう言うと、この普段は陽気な老婦人は、気づかないくらい小さく、顔を歪《ゆが》めた。

沙希は少しだけ体を刺し子姫に寄せて、その丸っこい背中に右手を当てて撫でた。刺し子姫は正面を向いたまま、ふっと大きく息を吐いて、それから笑顔を作った。

「その夢ね、ぜんぜん違うメッセージかもしれなくない？」

おもしろがるような口調で、彼女は言った。

「沙希さんの中で、その男の人はこの街とつながった何かなんでしょう？　街がなにか、言おうとしているのかも」

「街が？」

「わからないけど。なんだかね、おもしろいなと思ったの。沙希さんは、この街から出て行って、そして帰ってきた人なんでしょう？　うちの人は、この街から一度も出たことのない人間で、わたしは人生の最後のほうになってはじめてここに来たわけね」

「けっこう、いろんな人がいますよね、小さな街に。照間夫妻は沖縄からだし、外国から来てる人もいるし」

「それで、わりとみんな居心地よく暮らしてるのよ。そういうところへ戻ってきたってことを、なにかメッセージで伝えてるのかもしれなくない？」

真弓さんのポジティブさはすてきです、元気になってきましたよ、とお礼を言うと、刺子姫はにっこりして残りのラテをすすった。


とはいえ、気になるのはスティルトンチーズである。

マーシーによれば、そのチーズを食べれば、夢の続きを見ることができたり、夢の中の行動を意識的に誘導したりすることが可能なのだそうだ。

そのことを考え出すと、妙に目が冴《さ》えてしまって眠れない。

コインランドリーで大泣きするシーンで、あの奇妙な夢は終わっているのだが、あれに続きがあるとすると、二人はどうなるのか。

マロイはあきらかに近所に住んでいるのだから、ひょっとして部屋に行くなんていう展開にならないだろうか。

それがじつは、夢を見た翌日から頭をかすめていることだ。そうなったときに、自分は夢の中でどう行動するのか。それは現在のセクシュアリティとどう関係するのか。そんなことを考えているから、馬の「馬齢」が気になったりするわけだ。

この際、それを見極めたほうがよくないか。それが、チーズごときで見極められるものなのであれば。

沙希は夜中にむくりと起き出して、台所へ向かった。

冷蔵庫の中には、五センチ四方ほどが残っているが、果たして「明晰夢」とやらを見るのに、どれくらい食べればいいのだろうか。これをただ、もぐもぐ食べるのか。ほかの食材といっしょに食べても差《さ》し支《つか》えないのか。

夕食は済ませて寝床に入っていたのだから、夢のためにスティルトン食を実践するだけなら、ひとかけら口に入れてみるだけでもよさそうな気がしたが、目が冴えてしまったので、ついでに庭で採れた柿を剝《む》こうと思い立った。

いちじくとか洋ナシとか、まったりと甘い果物とブルーチーズは相性がいい。柿はたくさんあって、少しでも早く食べないと、余らせて捨てることになりかねない。

柿を剝いていたら、がぜん食欲が湧いてきた。少し柔らかめの柿は甘いいい匂いがした。八等分に切って皿に置き、その上にフォークで細かくしたスティルトンチーズを散らす。ついでに、素焼きのくるみを手でひねって細かくして振りまいた。

こうなると、蜂蜜も回しかけたいものである。

「できた！」

こんなにうまそうなものができあがってしまうと、ひとりで食べるのがもったいないような気もするが、深夜に人をよぶわけにもいかない。それより、甘めのワインが冷えていなかったか。

はたとひらめくものがあって、沙希は二階に上って行った。

老人宅にありがちなのが、古い、栓の開いていない酒の類だ。博満が何本かは持って行き、余った分を段ボール箱に入れて運んだのを思い出した。あの中に、金色の液体を湛《たた》えた細身で小さめのボトルがあったような気がする。

伯父の荷物がランダムに投げ込まれた部屋の灯りをつけ、しばらくゴソゴソとあちこちの箱を開けては閉めていた沙希は、開けっ放しの段ボール箱の中に数本の酒瓶を見つけてにんまりする。

「あった！」

本日の収穫は、おそらくは貰《もら》い物と思われるソーテルヌの貴腐ワインだ。

博満は、ここにあるものは捨てると言っていたのだし、なんなら沙希ちゃんが処分してもいいとまで言ったのだし、持って行きたいものはすでに持って行っているのだから、ここにあるものを飲んでしまったからといって、なんら問題はないはずだ。

そう思うと、おなかの底が温かくなるような幸福感を覚え、沙希はほくほくしながら階段を下りた。

「いただきます！」

舌の上にやわらかく広がる熟した柿の質感に、ブルーチーズの塩分と強烈な旨味、しびれるような感覚、蜂蜜の甘さ、くるみの歯ごたえ、そして、すべてを包み込むようなソーテルヌの馥郁《ふくいく》とした香り、ああ！

そうして沙希は、ソーテルヌを一本飲んでしまい、よろよろと隣の部屋の布団にたどり着くのがせいいっぱいで、朝までぐっすり眠って、大鹿マロイとの夢での再会は幻となった。

五　狼男と冬の庭

大雪《たいせつ》を過ぎたころに、秋葉原さんが庭の手入れに訪れた。

「木守柿《きもりがき》と言うんですよ」

すっかり葉の落ちた裸木を見上げて、教えてくれる。

「ああいうふうに、ぽつんと一個残す柿の実のことをね。冬の季語なんです」

そう言われると、枝の先にぶらさがる赤い実が、なにかの守り神のように思えてくる。

「冬はもう枝が伸びることはないから、この時期にきちんと剪定しておくと、春や夏にまた、元気なのが伸びてきて、青い、きれいな葉をつけますよ」

秋葉原さんが枝木を刈り込んでいる傍らで、沙希は、落ち葉をかき集めたり、背の低い木にからまっている枯れたからす瓜の蔓をひっぱって取り去ったりした。晴れた冬空の下で動いていると、だんだん体も温まってくる。

沙希は、庭のわりといい場所に陣取っている、まっすぐ伸びた枯れ枝の束みたいな植木を指さしてたずねた。

「これ、なんでしょう?」

処分していただいても、と言ってもよかったのだが、秋葉原さんは愛おしそうにその枯れ枝の束めいたものを見つめて、

「近寄って見てみてください」

と、言う。

「あらまあ、この赤いの、新芽ですか?」

「新芽です」

「なんなんですか、これ?」

「牡丹《ぼたん》です」

沙希は口を半開きにして、秋葉原さんを振り返った。

「ほんとに?」

「部屋からいちばんよく見えるところに植えたんです。あなたの伯父さんが、牡丹が欲しいと言うもんだから」

「伯父が?」

「お好きらしいですよ、牡丹」

伯父がそんな華やかな花を好む人だったとは知らなかった。

名古屋の高齢者施設に入ってしまって、施設がコロナ感染を心配して面会禁止にしている

ので、会えないのだと従兄の博満が言う。一時は月一回、十五分の面会が許可されたようだが、また禁止になった。どのみち、月一回しか面会できないのなら、博満と家族が会いに行くべきで、伯父の記憶にまだ残っているのかどうかもわからない、外国に行ってしまった姪などが訪ねる理由もないが、家を借りているのに挨拶もお礼もしていないのは、心苦しくもあった。花が好きなら、牡丹が咲く時期に届けてみようかと思いつくが、生花の差し入れは介護職員の負担になると、どこかで読んだような気もする。

「高齢者施設にお花の差し入れは、まずいでしょうかね？」

なにげなく秋葉原さんにたずねると、

「そら、まずい。感染症を媒介しかねないから」

と、きっぱりした答えが返った。

「うちのがコロナにかかりましてね。いま、都内のホテルで療養中なんです。洋服やスナック菓子なんかはいいんだけど、生花や鉢はだめですね」

「え？　刺し子……、いえ、真弓さんがコロナに？」

「軽症で、自宅療養と言われたんだけど、わたしにうつしたくないと、気を遣ってくれまして。わたし、若いときにヘビースモーカーだったので、肺が古くて硬いスポンジみたいらしいです。コロナにかかって重症化したら一発です」

「肺が、スポンジ？」

「わたしは感染してもかまわないから、うちで妻の世話をしたかったんですが、まだまだいっしょに生きたいからと説得されましてね」

「愛ですねえ」

からかったつもりはなかったのに、隣にいた秋葉原さんは首から頭にかけてサーッと赤くなっていき、木守柿の方角を見つめて仁王立ちした。

なにか、とりつくろう言葉を放つべきか、それともお茶を出す口実でもうけて台所に立とうかと沙希が考え始めると、秋葉原さんは意外に素直にこんなことを言う。

「いま、三日目なんですが、あと四日も待たなきゃならない。八日目の朝に、ようやく無罪放免になるので、朝六時なんですが、迎えに行くつもりです。この四日が長い。わたしはどうも、ひとりでいるのがほんとに嫌いらしいんです」

「それは、おさみしいですね」

「男らしくないとか、女々しいとか、若いときはさんざん言われましてね」

「いまなら、男がこう、女がこう、なんて言ったら、言ったほうが怒られますけどね」

「堂々と言えるの、オリンピック組織委員会の会長やってた元首相くらいだよね」

「堂々と言ったがために降ろされましたよ」

「そうだよねえ。不思議なもんだね。半世紀前は、女々しいという理由で殴られても文句は言えなかったわけだから」

「女々しいとか言った上に、殴るとは！　うちの学生さんに聞かせたら、どこの宇宙の話かって言って、卒倒しそう。それはそうと、秋葉原さんと真弓さん、ほんとに仲良し夫婦だから、さみしいのはあたりまえですよ」

「ねえ。なんだか、落ち着かないことこのうえない。ああして、木の上でぽつんと、落ちるか食われるかを待っている柿の実のような心境です。まだもう少し、一つ、二つ、実があればいいんだが」

　びっくりするほど心細そうなので、ふだんよくこの老夫婦の家に上がり込んで夕食をごちそうになったりしている関係もあるし、うちでごはんを食べませんかということになり、秋葉原さんは好きなだけ庭木の手入れをして、近所の銭湯に行ってさっぱりした後で、もう一度、沙希の家にやってくることになったのだった。

　銭湯は、もう何十年も前からそこにある老舗なのだが、ＡＢスーパーに隣接していて、スーパーマーケットが開店するのと同時に全館リニューアルを行った。銭湯経営者は、もともと、そこの地主で、スーパーマーケットに土地を提供したらしく、駐車場をどちらの顧客も利用できるのと、サウナと小さな露天風呂があるのが「スーパー銭湯風」と近所では言われていて、なぜ「風」なのかというと、レストランがなく牛乳売り場だけなのと、マッサージやネイルサロンなどの施設がないかららしい。料金もスーパー銭湯なら七〇〇円以上、下手すると二〇〇〇円くらいするところが、一般の銭湯と同じ五〇〇円据え置きなのが、良心的だと評判を呼んでいる。というのは、パティが教えてくれた情報だった。パティは自分のアパートにある小さなユニットバスが好きになれなくて、よく自転車に乗ってそこまで通っているらしい。

さて、なにを作ろうと冷蔵庫をのぞくと、大きな金目鯛《きんめだい》が冷凍してあるのに気づいた。ＡＢスーパーで珍しく丸々一尾、売っていて、学生たちが遊びに来たらアクアパッツァでも作ろうと思って冷凍しておいたのだけど、ほかにおかずになりそうなものもないし、姿煮にすれば、これしかなくてもゴージャスに見えるではないか、と沙希は思いついた。あとは、下茹《したゆ》でした里芋と小松菜でも、時間差で煮汁につっこんでおけば、じゅうぶん、酒の肴《さかな》にもごはんのおかずにもなる。

二階の第二の納戸（と化している、元博満の部屋）で貴腐ワインを発掘してから、あの場所を沙希はひそかに「伯父の酒蔵」と呼んでいる。その気になって探し始めたら、ワインも焼酎も日本酒もウイスキーもそれなりにそろっていて、沙希が自分ひとりで、あるいは友だちとでも飲む分には、わざわざ買いに行くまでもなく数ヶ月は持ちそうだった。

秋葉原さんが戻ってきたのは、ちょうど金目鯛の煮汁で煮含めた里芋がおいしくなったころで、スーパーで仕入れてきてくれたという栃尾《とちお》の油揚げをオーブントースターであぶって薬味を載せ、ざく切りにしたキャベツににんにく味噌を添えて、メインの金目鯛とつけあわせの野菜を出したら、ちゃぶ台の上はいい感じに満たされた。

「沙希さんが、こういうものを作るとは思わなかったな」

秋葉原さんは金目鯛の姿煮に顔をほころばせた。

「なんでも作りますよお。ただし、レシピは全部、ネットで調べたやつですけど」

「ネットね」

ほお、うまい、と、秋葉原さんは目を細める。

日が落ちるのも早くなって、七時はすっかり夜だ。見上げると月がかかっている。

「あれ、今日は満月ですね」

「あらまあ、ほんとだ。秋葉原さん、知ってます？　アメリカ先住民は、十二月の満月をコールドムーンって呼ぶんですけどね」

「うわあ、寒月だ。そのまんまだ。日本語でも寒月ですよ。いや、満月そのもののことじゃないけど、冬の月の名前でね」

「だけど、コールドムーンの意味は温かくて、家庭とか愛とか安定を意味するらしいです。秋葉原さんが真弓さんの無事を祈るのに、もってこいの月ですよね」

お猪口《ちょこ》に受けた酒をうまそうに飲んでから、

「日本の寒月は、独り身のさみしさ、みたいな感じするけどね」

と、照れくさそうにはぐらかした秋葉原さんは、とつぜん、ぽつりとこんなことを言った。

「満月だとね、親父を思い出す」

「お父さま」

「いや、お父さまってほどの人じゃないんだ、足袋屋の親父だから、ただの」

「ああ、マルアキ足袋の」

「あのねえ、驚くかもしれないけどね」

そう前置きすると、秋葉原さんは沙希の顔をちらっと見て、いやいや、と首を振った。

「なにが、いやいや、なんですか？」

「いや、やっぱり、やめとこうと思って」

「なんで？　驚きませんよ」

「いや、驚くと思う」

「いいじゃない、驚いたって」

「いいかなあ、驚かして」

「いいんじゃないですか？　べつに」

「あ、そうかね？」

「なんか、困ること、あります？」

「だけど、作り話じゃないからね、これ」

「なに？　もったいぶらないで教えてくださいよ」

「満月はね、親父を思い出させるんだよ」

「うん、マルアキ足袋のおとうさん」

「親父ね」

「はい」

「言っていいかな、これ」

「はい、言っちゃって」

「狼男だったんですよ」

「オオカミ、男？」

沙希は最後の「こ」の音を発した口を閉じないまま半開きにして、目の玉だけ動かして、横に座っている秋葉原さんを見た。

「思い出すなあ」

秋葉原さんの正面には、青白い満月がかかっている。

沙希はしばらくリアクションに困って、手酌で酒を注いで口に運んだ。

「いや、だから、妙な作り話をしていると思われてもなんだから、人に話したことはなかったんですよ」

秋葉原さんが、沙希の酌を受けるためにお猪口を手に取った。

「でも、作り話じゃないんでしょ」

「うん。だってさ、満月の夜になると、人が変わるんだから、ほんとに」

「変身は、あったんですか？」

「毛むくじゃらにかね？」

「まあ、ねえ。狼男だったら、ねえ」

「さすがにそれは、なかったように思うんだが、表情は変わるしね、叫ぶからね、その」

「遠吠《とおぼ》えのような」

「まさに、それよ」

「うおぉぉぉぉっと、いう」

「ぐわぁあああとか、なんか、そういう、ねえ」

「それが起こるのは、満月の日だけなんですか」

「だけか、というと、これが難しいような気もするんだ。ほかの日も、そういうことがあったかもしれないんだ、アル中だったからね、親父」

「あ、そうなんですか？」

「こうさ、ぷるぷる、震えるんだ、指先」

「お酒が切れると、そういう禁断症状が出るっていいますよね」

「夕方くらいになると、よく、手が震えてて、いつも飲んでた」

「じゃ、その満月の症状も、アルコール依存症の禁断症状の一種だったんですか？」

「それは、わからないんです。酒のせいでそうなるというより、満月のせいでそうなってるように見えた。だって、ほかの日は、そういう姿を見たことはないわけだから」

「待って。指が震えるのは毎日だけど、叫んだりするのは、満月の日だけだと」

「うーん、そうね」

「ようは、アルコール依存症であり、かつ、狼男だった？」

「そう。そうだね、それだよ」

「そもそも、狼男だっていうのは、ご本人がそう自覚されてたんですか？　それとも、秋葉原さんが、そう考えてた？」

「わたしがね」

「秋葉原さんが」

「小学校の図書室で、そういう本を見つけたんですよ。狼男とか、人魚とか雪男とかね、あるでしょう、世界十大奇譚、みたいな感じの」

「小学校の図書室で、人気っぽくなりがちですよね、そういうの」

「みんな読んでて、ぼろぼろなんだ、表紙なんか」

「取れかかってたりね」

「先生がガムテープで補修したり」

「そういう感じのご本で、狼男を見つけたと。小学校、どれくらいのとき？」

「あんまり大きくない。低学年」

「その、〈狼男〉の章に書いてあったのと、お父さんの行動がよく似ていた？」

「そう、そのまんま。満月の夜になると、月に向かって吠える。それで奇声を上げたまま、走り回ったりするんだよ。近づけば殴られるしね」

「なんて、叫んでるんですか？」

「それは、だから、ガオーみたいに聞こえるわけですよね」

「月を見ると、そうなる？」

「わたしは、そう、思ってた」

「じっさいに、そうだったんでしょ？」

「そう」

「ずーっと、そうだったんですか？　秋葉原さんが物心ついたころから」

「それは、そう」

「亡くなられるまで」

「というわけでも、ない」

「あ、違うんだ」

「七十ちょっと前だったかなあ、あの人、肝硬変で入院しましてね。肝硬変というか、肝性脳症？　アル中が進んだみたいな症状が出てねえ、それで入院もしたし、こりゃ、もう、ぜったいに酒をやめないと死ぬと、医者に脅されたらしくてね。えらいたいへんだったけど、結局、酒をやめたんです」

「なかなかやめられないって、言いますよね」

「だからちょっと、鬱《うつ》っぽくなったり、いろいろね。時間はそれなりにかかってましたよ。

ただ、なんとなく、そんなこんな、やってるうちに、あんまり変身しなくなったんですよ。

変身というか、吠えなくなった」

「では、秋葉原さんは、お父さんの狼男現象とアルコール依存症は、つながっていると考えていらっしゃるわけですね」

んー、と、しばらく黙って、秋葉原さんはまた、月をにらんだ。

「だって、もし、ほんとに狼男なら、秋葉原さんに遺伝してても、おかしくないわけでしょう?」

沙希は思わず腕組みし、秋葉原さんの表情を探る。

「遺伝、かあ」

考えてもみなかったという顔つきで、秋葉原さんは月から沙希へと目線を移した。

「狼男現象とアルコール依存症は、根っこは同じなんだと、わたしは思ってますよ」

少し、しんみりした口調になった。

それから秋葉原さんが話し出したことは、若干からかうような気持ちで半ば懐疑的にその話を聞いていた沙希を、少し後悔させた。

最初から、「作り話じゃない」と、秋葉原さんは言っていたのだし、くだらないバカ話をしようとしたわけでないことは、沙希にもわかっていた。それでも、やっぱり小学校の図書室で見つけたトンデモ本と父親の行動を結びつけるあたりは、子どものすること、子どもの混乱した頭の作り出したおもしろい話なんだろうと、そういう理解で話を聞いていたのだった。

それは、沙希だけではなくて、ある時期までは、秋葉原さん自身の認識でもあった。マルアキ足袋の親父が月を見て吠える姿を、秋葉原さんがしょっちゅう見ていたのは、物心ついてから高校生になるくらいまで、西暦にすると一九五〇年代から六〇年代の前半あたりまでのことであるらしい。足袋屋の親父は、一九二三年生まれだったので、二十代の後半から四十代初めくらいまでのできごとだ。あのころまでがいちばんひどかったと、秋葉原さんは言った。

日本は高度経済成長期どまん中で、いろんなことが変わり始める。足袋屋の親父が株投資を始めたのもそのころで、奇行の頻度も、そのあたりから減り始めたらしい。そして、肝硬変をこじらせて、飲酒にドクターストップがかかったのは、ちょうどバブル経済が破綻して、株で大損したのと同じくらいの時期にあたる。

株が上がったり下がったりした四半世紀くらいの間、秋葉原さんの関心はお父さんから離れた。それが、秋葉原さんが父親の奇行をあまり見なくなった一つの要因ではある。思春期から青年期、壮年期にあたるわけで、秋葉原さんとしても、家にはずっと居続けたにもかかわらず、心はあっちこっちの女の人のところへふわふわと漂っていたし、仕事につこうとまじめに考えた時期もあったし、いずれにしろ自分のことでいっぱいいっぱいだったのだ。

ともあれ、秋葉原さんの記憶では、満月の日の奇行も、あるいはアルコール依存症ゆえの症状も、九〇年代の半ばあたりを境に、ほぼ、見られなくなったのだという。

「時代があんまり変わったから、親父の中でもなにかが変わったのかもしれない。衝動はあっても、人に見せずに抑えるようになったのかもしれない。断酒がそれに貢献したのかどうだかも、わかりません」

青白い、冬の月を眺めながら、狼男の息子は言った。

「親父が死んでからなんです。わたしは、ある、ドキュメンタリーを見ましてね」

「ドキュメンタリー？」

「日本軍兵士のＰＴＳＤについてのものでした」

「ＰＴＳＤ？　心的外傷後ストレス障害、ですか」

「はい。戦争から帰ってきて、戦場でのつらい記憶がトラウマというのになって、入院していた人なんかも、ずいぶんいたんだそうです。ＰＴＳＤっていうのは、ベトナム戦争の帰還兵が発症するというので知られるようになったらしいんですが、そのほかの戦争だって、同じことをしてるわけですからね」

「秋葉原さんのお父さんも、ということですか？」

「ドキュメンタリーの中に、映像がありましてね。どこかの病院の患者のものでしたが。親父そっくりなんです。狼男になったときの親父に」

沙希は、ハッとして、お猪口を持つ手を止めた。

「お父さん、戦争には」

「行きました。大正十二年生まれですから、ドンピシャの世代です。二十歳で赤紙が来て、中国戦線に。そこからどこか、南の島の方へ行ったらしいんだけど、わたしはなんにも知らないんです」

「知らない、というのは」

「親父はなんにも話しませんでしたから」

「お話しにはならなかったんですね」

「わたしのほうも、聞こうなんてこれっぽっちも思ったことがない」

「ご結婚は、帰還されてからですか」

「そう。昭和二十一年の冬に復員して、翌年見合いして結婚して、わたしが生まれたのがその年の暮れ。マルアキ足袋店は、わたしの祖父がやってたんです。まもなくして、亡くなりましたけどね」

「それで、秋葉原さん、物心ついたときには、お父さんがそういう症状を持っておられたんですね」

「うん、月見て吠えてた」

「満月と、なにか関係あったんでしょうか、兵隊だったときの経験と」

「まったく、わかりません」

日本軍兵士のＰＴＳＤは、「戦争神経症」と呼ばれていたが、戦後ずいぶん時間が経つまで、ほぼ隠されていた話だという。帰還してそのまま入院し、故郷や家族のもとに帰らなかった人もいた。資料には「未復員」と記されたそうだ。戦後七十年以上が過ぎても、まだ病院にいた元兵士も存在したらしい。

「うちの親父はそのことでは、病院にも行かなかったし、わたしたちは誰も、親父が病気だとは思っていなかった。アル中だとか、気が荒いとか、そんなふうに思ってました。酔っぱらって大声を出したり、ものを壊したりしたことはあるけど、そんなに珍しいもんでもなかったんですよ、そのころは」

テレビドラマやアニメにだって、ちゃぶ台をひっくり返して暴れる親父なんて、あたりまえみたいに出てきたじゃないですか、と秋葉原さんは言った。

そういえば、星一徹《ほしいってつ》だって、寺内貫太郎《てらうちかんたろう》だって、神経症だなんていう扱いは受けていなかった。昭和の親父といえばそんなものだと、そういうことになっていた。

沙希は、父方の祖父にも母方の祖父にも会ったことがなかった。一人は戦争中に、もう一人も戦後すぐに亡くなっていたからだ。従軍経験はあったはずだけれど、それこそ、沙希は何一つ、伝聞の形ですら聞かされたことがない。

二十代から三十代くらいの青年たちが戦場に送られて、それまで経験したことのない現実と向き合うことになった。戦闘への恐怖、疲労、軍隊生活への不適応、私的制裁の恐怖や屈辱、殺人、ことに戦闘員ではない子どもや年寄りや女性を手にかけたことへの罪悪感などが、帰還兵たちの心を苛《さいな》んだ。

「わからないけど、もしかしたら、満月の夜になにかあったのかもしれないね。いまとなっちゃ、聞けないし、親父が生きてたころにドキュメンタリーを見てたとしても、なにがあったのかなんて、聞けやしなかったと思いますけどね」

そうして、狼男の息子といっしょに沙希は、冴え冴えとした真冬の満月を眺めながら静かに酒を飲み、金目鯛をつついた。

この話は、機会があったらマーシーに話してあげよう、と沙希は思った。

アルコール依存症の父を見て育ったからか、節制した飲み方をする秋葉原さんは、いつの間にかごはんに切り替えていて、これがうまいんだよ金目鯛はねえ、と言いながら、煮汁を白いごはんにかけてうまそうにかっこんだ。

「そういえば、わたしが中学のころにね」

秋葉原さんは、自宅の屋上菜園で収穫し、沙希にわけた小松菜が金目鯛のつけあわせになっているのを見て目じりを下げつつ、また思い出話にふける。

「それこそ、女々しいというので学校で教師に殴られて家に帰ったことがあってね」

「もう、やだ、ほんとに。そういうことで殴らないでほしい」

「だけど、もう六十年も前のことだから。それで、家に帰ったら親父がいて、事情を話したら、親父がね、言ったんですよ」

秋葉原さんは、思い出すように目を上げた。

「女々しいのはおまえだけじゃないって」

「ほう」

「そして、そんなことを言う教師のいる学校へ、行くな、と言ったんです」

「お父さん、すてき」

「わたしはびっくりしちゃってね。次の日も学校へは行ってしまったんだけど」

「あ、行っちゃったんだ」

「あのとき、親父が飲んでいたのか、素面《しらふ》だったのか、それもよく覚えてないんだ。それに、あんなことを言ったのは、一度きりだったんですよ。だけど、後になって、それこそ、親父が死んだ後になって、ときどき考えるんです。親父はきっと殴られたんだろうってね」

「女々しいって？」

「おそらく、きっと、何度もね」

沙希は、うなずいて、里芋を口に放り込んだ。

それからきっちり五日後に、刺し子姫はホテル療養を終えた。

大学の帰りに顔を出すと、いつものように秋葉原さんは出かけていて、刺し子姫がストーブをつけて店番をしていた。

家に戻ってきたのはめでたいのだけれど、刺し子姫はストーブの脇で背を丸めたまま、うたた寝しているように見えたので、沙希はちょっと慌てて店に飛び込み、起こしにかかる。

「真弓さん！　真弓さんてば」

「う？」

刺し子姫は、半分酔っぱらったみたいな顔をして目を開けると、人目もはばからず、大きな欠伸《あくび》をした。

「あら、沙希ちゃん」

「まだ、疲れが残っているのでしょう。店番、わたしがしますから、奥で休まれては」

「ううん、もういいよ。店閉めよう、人は来ないし、眠いし」

「ストーブつけたまま、寝ちゃうのもまずいでしょう。しばらく、これはやめて、空調だけ使ったほうがいいかも」

「そうだね。なんかもう、やたらと眠いのよ。これがあれか。コロナの後遺症というやつか」

刺し子姫は、這うようにして奥の部屋の障子を開け、

「悪いけど、シャッター下ろしちゃってもらえる？」

と、後ろを振り返って言った。

シャッターを下ろし、店の電気を消して、奥の座敷に上がり込むと、刺し子姫はちんまりと丸くなって、コタツに当たっている。

「暖房器具が充実してますね、こちらは」

沙希が思ったままを口に出すと、刺し子姫はちょっとくちびるを尖らせて、

「寒いのよお、こういう造りの家は」

と、言った。

刺し子姫は、ちょっと頭痛がして喉がイガイガするといった軽症ながら、友だちにもらった抗原検査キットで試しに検査したら陽性になってしまい、慌ててＰＣＲ検査を受けたらこれも陽性で、しかし症状は軽いので自ら希望してホテル療養を選択したのだそうだ。

幸い、秋葉原さんはどちらも陰性だったので、家のことはなんでもできる夫を残して七日間缶詰になって、内科で処方された痛み止めと喉の薬を飲んで過ごしたが、

「はっきり言って、症状はあんまり変わらないのね」

ということで、空咳《からせき》と鼻声と、頭がぼーっとしたような倦怠感《けんたいかん》が続いているのだそうだ。

「だけどまあ、三度、三度、ふつうのお弁当が食べられて、個室でテレビ見て過ごせるんだから、いいわよ。ありがたいわ。ずっとましよ」

なにと比べてどうましなのか、沙希にはいまひとつわかりかねたが、ともかく、コタツでこのまま寝るというのを、それじゃ体に悪いから布団に入ったほうがいいと促して、二階の寝室に布団を敷くのを手伝い、枕元に水を置いて出てきた。もうすぐ夫が帰ってくるから、そばにいる必要はないというので。

帰り際に、ちょうど戻ってきた秋葉原さんに出くわし、状況を話すと、夫のほうは、妻の世話ができるのがよほどうれしいのか、どこか生き生きとして、

「ね、だから、わたし、いま、雑炊の準備を」

と、ぶつ切りにした鶏ももとネギを持ち上げてみせるのだった。

秋葉原さんと狼男の話は、心に残っていて、なにかにつけて思い出すことになった。

所用があって、大学からバスに乗って大きな街に出かけていき、買い物のあとに一息つきたくて、池のある公園のカフェを目指して歩いているときに、隣を走り抜けた外国人らしき男の子が、

「werewolf」

と、口にするのが耳に飛び込んできた。

驚いて振り返ると、友だちかガールフレンドらしき女の子が、きれいに塗り分けられた爪を顔の前で立てて挑みかかるようなポーズをとって、笑い出した。その女の子の後ろに、知った顔を見つけて沙希は二重にびっくりする。

大学には、講師が出入りしてコピーを大量に取ったり、講義の合間に休んだり資料をチェックしたりできるスペースがある。沙希もしょっちゅうコピーを取りに出入りするのだが、時間帯が重なるせいでよく顔を合わせるのが、来栖《くるす》先生という歴史学の先生で、紙詰まりを直してもらったり、コピー機の使い方をレクチャーしてもらったりしているうちに、話をするようになった。

その来栖先生が、爪を立てている女の子の後ろで手を振っていたのだ。

「あれ？　来栖先生、おうちはこちらの方ですか？」

「いえ、ちょっと疲れたので、そこで一杯飲んでから帰ろうかと」

来栖先生の目指す先が、沙希のお目当てのカフェであることがわかったので、そのまま二人で歩き始めたのだが、来栖先生が男の子の言葉を蒸し返したのだった。

「werewolf って言ってましたね。人狼《じんろう》、ですか」

「ああ、そうですね。ジンロー。わたしは werewolf って聞くと、機械的に狼男って訳してしまうんだけど、爪立ててたの、女の子でしたもんね」

「イーニッドですよ」

「イーニッド?」

「〈ウェンズデー〉って、ネットフリックスのドラマです。ティム・バートンが作ったシリーズものなんですけど、アダムス・ファミリーのスピンオフドラマで」

「アダムス・ファミリーって、あの、化け物一家の」

「そうそう。アメリカの漫画がもとになって、アニメーションとか映画にもなってますよね。あのファミリーの話で、長女のウェンズデーが主人公なんです」

「ああ、ネットで宣伝を見たことあります。おもしろそうですよね」

「おもしろいです。そのウェンズデーの親友が、イーニッドっていう女の子で、彼女が人狼なんです。たぶん、その、物まねです」

「なるほどー」

二人は公園内にあるカフェに入り、来栖先生はビールを、沙希は紅茶とレモンケーキを注文した。そして、この店は時々来るとか、ほかにはどの大学の講師をしているとかいった話をした。来栖先生はまだ三十代で、「関東甲信越小さな旅」と本人が呼ぶ複数の大学掛け持ちで生計を立てている非常勤講師なのだった。

人狼のことが頭にあり、来栖先生の専攻が日本近現代史だったことも思い出したので、話はなんとなく、秋葉原さんの狼男のことになった。

「ああ、たくさん、いたでしょうね」

来栖先生は、あっさり、そう言った。

「とくにあの戦争の日本兵は、悲惨な経験をしてるから。ロジスティックスってものがなくて、自分たちの食うものは現地で調達せよっていう、とんでもない方針のもと、いやでもなんでも民家を襲撃しなくちゃならない。あの戦争で死んだ日本兵の六割は餓死です。投降より死を選べという教育も受けているし、戦闘も悲惨だけどリンチも凄惨で。正気を保つほうが異常じゃないかとすら思います」

沙希と来栖先生がカフェにやってきたのは平日の午後で、公園では若いカップルや子ども連れの母親、散歩中の老人などがのんびり過ごしていた。その場の空気と話題が合わないと思ったのか、来栖先生は、ふと思い出したように、こんなことを言った。

「ドラマシリーズの話ばかりで恐縮ですが、〈俺はあばれはっちゃく〉って、ご存じです?」

「あばれはっちゃく? 父ちゃん情けなくて、涙が出てくらあってやつ?」

「そう、それ!」

「あれ、ものすごく長いことやってたんじゃなかった?」

とはいえ、若い来栖先生は、さすがにリアルタイムでは見ていないのではと思いつつ、沙希はそう答える。

「そう。七〇年代の終わりから八〇年代の半ばまで、シーズン5くらいまであったはずなんですけど、ぼく、ちょっと必要があって、何年か前に原作を読んだんです」

「原作があるの？」

「山中恒《やまなかひさし》さん。児童文学の大家です。大林宣彦《おおばやしのぶひこ》監督の〈転校生〉とか〈さびしんぼう〉なんかの原作もその方で」

「懐かしいね、映画観たよ。わたし、子どもだったわ」

「それで〈あばれはっちゃく〉の原作に、朝日奈《あさひな》老人という人が出てくるんです。テレビ版では浜村純《はまむらじゅん》がやってるんだけど、設定が同じかどうか、ぼく、それは見てないからわからないんだけど」

「設定？」

「それがね、戦場で数えきれないほど人を殺したっていうのなんですよ」

「児童文学にあるまじき設定ですね」

「まあ、噂《うわさ》レベルですけどね。元陸軍大佐で。それでこの人が、自分の家に子どものボールが飛び込んでくると、抜身の日本刀を引っ提げて脅しまくる」

「銃刀法はだいじょうぶなのか」

「狼男よね、その人」

「ともかく、そういう人物なんです。ただの設定で、背景はそれ以上描かれないんだけど」

「ぼくも、そう思ったんですよ。田ノ岡先生の話を聞いて。戦争神経症っていう病名はついていない、そもそも診察も受けてないけど、戦場から戻って、市民生活を送るのに難儀した人はたくさんいたんだろうなって」

沙希と来栖先生は、それぞれの飲み物を手に、また、目の前に展開されている天気のいい冬の午後の公園の光景を眺めた。

「だから、おおぜいいるんだと思うんですよね」

来栖先生は、差し込んだ西日にまぶしげに目を細めた。

「狼男の息子や娘はね」

六　梅はやたらと長く咲く

東京で正月を迎えるのが十何年ぶりであることに気づいて、沙希は若干、動揺した。

母が生きていたころは、正月を選んで帰国していた時期もあったが、日本ほどゆっくりした「正月休み」が取れないので、あわただしい日程になる。帰省は大学が長期休暇に入る夏にするのが習慣になって、クリスマスにはバートの両親の家に行くことが多くなり、それもコロナのせいで行けなくなった。

だから、正月が特別なものだという感覚が、あまりなくなっていたのだが、さすがにこちらで年末も年始も過ごすとなると、年越し蕎麦《そば》だの、おせちだのが恋しくなる。

久しぶりに年越しの賑《にぎ》わいを味わいたいと思って都心のデパートに出かけ、地下の食品売り場で「おひとりさま用」なるおせちの詰め合わせと正月用にアレンジした小さなブーケを買って家の近くまで帰ってきて、あたりまえのことだが、大晦日《おおみそか》に開いていることに感激してＪＲの駅近くの蕎麦屋に入り、かまぼこと漬物で日本酒を一合だけ飲んでから、小柱のかき揚げが入ったあたたかい蕎麦を注文し、うっとりしながら食べた。ほどよくあったまって家に帰ると、いない間に秋葉原さんご夫妻が立ち寄ってくれたらしく、ドアの取っ手にレジ袋がかかっている。「おすそわけ・来年もよろしく」と書かれた一筆箋と、色つやよく煮上がった黒豆が入っていた。

黒豆とクリームチーズ！

正月のおせちの一つである黒豆に込められた「まめに働けますように」という願いが、白いふわふわふわしたクリームチーズでぼやかされてしまわないかという、一抹の疑問はよぎるのだけれども、沙希はこの、余った黒豆を消費するのによいと考えられているアレンジレシピをこよなく愛していて、余るどころか、そこに黒豆があればただちにクリームチーズと混ぜることしか考えられなくなるのだった。パンに、あるいはクラッカーに載せて、ワインのおともにすれば際限なく食べ続けていられる。

すでにほろ酔い機嫌で帰宅したわけだが、大晦日と元旦なんて年に一回だけなんだからなにをしてもいいのだと言い訳して、沙希はいそいそとその大好物を作り、赤ワインのハーフボトルを開けた。

紅白歌合戦にしても毎年恒例のバラエティ番組にしても、浦島太郎である沙希には、まったく興味のないものだったので、テレビを見るという発想はなく、コタツでパソコンを開いてSNSやユーチューブをブラウジングしていたのだが、「除夜の鐘」という単語が目に留まって、なにか天啓を得たような感覚を持った。

除夜の鐘をつく！

これこそ、母国の年の瀬の伝統行事ではなかったか！

それだけではない。記憶の奥にしまわれていて、思い出すこともなかったことだけれども、この地で、伯父と伯母と博満と四人で近所の寺に除夜の鐘をつきに行ったことがあったではないか！

あれは沙希がまだ四歳で、母は二人目の子を妊娠していたときだった。あとから考えれば、あのとき母は沙希の妹を死産したわけだから、家族にとっては悲しい歴史で、それもあってあまり話題にされることもなく、沙希の記憶の中でもプライオリティは低かったということなのかもしれない。

母は体が丈夫ではなかったので、実家のサポートが得られたほうがなにかと安心という判断で、妊娠九ヶ月めに里帰りした。母の容体がおかしくなり、父が呼ばれて、沙希は、ウラハグサシティに近い場所にかつてはあった、伯父たちの住んでいた団地に急遽《きゅうきょ》あずけられた。

祖母の家ではなく、従兄の博満のいる団地が選ばれたのは、母の状態が危険になって、深刻な状況の祖母の家よりも、何も知らずに明るく過ごせるだろうという大人の判断があったに違いない。じっさい、子を失った上に一時は母体までが危ぶまれたほどの事態を、沙希はよく知らずにいたのだった。そして、お正月を迎えるのに両親に置いてきぼりにされた小さい子どもである沙希を悲劇から遠ざけておこうと、伯父と伯母は普段の年越しよりも多くの気晴らしを考えてくれたのではなかったか。

除夜の鐘をつくのだと言って、博満がはしゃいで小走りに前を行く。その後ろを、伯父と伯母の手を握り、ときどきその手を頼りにふわりと体を浮かしてもらいながら、夜道を歩いたことを沙希はおぼろげながら思い出した。

自分は鐘をついたのだろうか。ついたとすれば、伯父か伯母に抱き上げてもらって、あの紐に触れたとか、そんな程度だろうか。肝心なところは記憶になかったけれど、あの寺に行けばなにか蘇《よみがえ》るものがあるのかもしれない。

寺の名前はわかっている。妙洞寺《みようどうじ》というのだ。

妙洞寺池前、とは、沙希がよく使うバス停の名称で、妙洞寺北とか、妙洞寺公園とか、寺由来の地名もいくつもある。沙希はレギンスの上に裏起毛のパンツを重ね、厚手の靴下、ヒートテックの下着にセーター、ダウンジャケットというフル装備に、帽子と指なし手袋までつけて家を出た。グーグルマップで検索すれば、寺は徒歩七分の距離だったが、鐘をつくとなると裏葉草八幡宮の流鏑馬なみに、列に並ぶことになるだろう。もちろんマスク。これは感染予防と防寒の両方のために。ポケットには使い捨てカイロも忍ばせてある。

バス停の南東、公園からは少し離れたあたりに、妙洞寺はあった。

わさわさと人が鐘をつきに来ているはずだという、沙希の予想はあっさり裏切られ、境内には灯りもない。脇の小さな入り口は閉まっていたので、念のために南側の正門に回ると、入り口にはロープが張られていて、張り紙が冬の空の下、はためいている。

――例年十二月三十一日は除夜の鐘つきをしていますが、コロナウイルスの状況に鑑み、本年も中止とさせていただきます。妙洞寺

知ってたはずだよ！　調べりゃわかったはずだよ！　寒い中、出て来ることはなかったんだよ！

沙希は自分の馬鹿さ加減を呪った。

そんなことは寺のホームページでも見れば書いてあったはずだ。でも、裏葉草八幡宮では流鏑馬も決行されたわけだし、海外ではマスクだってしてないし、日常はどんどん戻ってるという話だったんだから、鐘くらいついたっていいじゃないのよ、除夜なんだから。

沙希はぶつくさ悪態をつきながら、深夜のうらはぐさをうろうろした。

というのも、むしゃくしゃしたのに任せて歩いていたら、家の方向とは違うところへ出てしまったためで、グーグルマップを開いて歩いていればよかったのだけれども、たかが徒歩七分、ほぼ知っている道なのだから、帰れて当然と思って歩いていたら、暗い中でちょっとばかり道に迷ったのだった。

しかたがないのでいったん来た道を寺まで戻り、スマホを取り出して家の方向を確認し、

ついでにいったいいま、自分はどんなところにいるのだろうと、フラッシュライトをオンにしてまわりにかざすと、ぬっと目の前に突き出た枝に小さな白っぽい花が一輪、咲いているのに気がついた。

「梅？」

沙希はぽつんと口に出した。

電柱に取り付けられた街灯が、ぼんやりと照らし出すそのあたりの黒っぽい一画は、どうも梅林であるらしい。

林、と呼ぶのが正確なのかどうかはわからないけれども、その一画はフェンスで囲われていて、あまり背の高くない同じ種類の木が、整然と並んでいるように見える。一画というのは、一ブロックくらい、一〇〇メートル四方くらいの感覚だろうか。目の前に突き出ているのは、木が並ぶその一画のいちばん道路側にあって、いたずらをするようにぴよんと伸びてきている枝であることが確認された。

スマホのライトをかざしてみると、隣の木にも一輪か二輪、フライングのように咲いているものがあるが、全体としてはまだ眠っているような、そんな梅林なのだった。

「早すぎないか、梅？」

ぼそっとつぶやいて、もう一度、マップを確認すべくアプリを開こうとしていると、

「早すぎる、ということはないのですが」

という声がして、沙希は心臓が止まりそうになった。

「ああ、まあ、驚かせてすみません。もしや、鐘をつきにいらした方ではないかとお見受けしましたものですから」

見れば、剃髪《ていはつ》した僧侶らしきご仁が、そう言って丁寧に頭を下げる。

「はっ」

まだ、ちゃんと声を出せずに、息だけ吐くような音を出した沙希に、どうぞごゆっくりと言いたげに手のひらを向けると、僧侶はお地蔵さんそっくりになった。

「いやまあ、例年、この時間になりますと、鐘をつきにみえる方がおられましてね。こうして張り紙はしていますが、夜中にせっかくいらした方にご挨拶もなしでは申し訳ないと。まあ、もう、三年目ともなりますと、ほとんどいらっしゃらないようですが」

沙希はようやく息を整え、まわりに僧侶と自分しかいないことを確認した。

「妙洞寺の、ご住職？」

僧侶はこっくりとうなずいて、両手を合わせてもう一度お辞儀をした。

「大晦日といえば、寺は大忙し。毎年、甘酒やけんちん汁を作って、鐘をつきにみえる方にふるまったりしてね、楽しんでましたのに、コロナでしょ。暇にはなりましたけど、やりきれませんわ」

「甘酒に、けんちん汁？」

「だって。寺なんてみんな、葬式とか法事じゃなきゃ来ないでしょ。つまんないじゃないですか。イベントがないと。親父はやってなかったんですけど、わたしが継いでから始めましてね。好評を博していたんですが、ほんとにやりきれんですわ」

住職はウイルスを恨むのであった。

「こちらの梅林も、お寺のものなのですか？」

「いいえ、これは、梅農家さんのものですね」

「梅農家さん？　梅の実の収穫のための果樹園ですか？」

「そうです、そうです。しかし、梅の花と仏教には、深いつながりがありましてね。道元《どうげん》禅師が書かれた『正法眼蔵《しょうぼうげんぞう》』には、梅華という、梅の花という意味の章があるくらいなもので」

「仏教と梅の花、ですか」

「雪裡《せつり》の梅華ただ一枝《いっし》、と言うんですけどもね。雪の中で一枝だけ梅の花が咲く。いまはただ一枝でも、春が来れば満開になると。梅の開花は悟りのことなんです。とまあ、そういうことじゃなくてね、咲くんですよ、早いやつは、春が来てなくても」

「あーあ、昔から？　雪の中でも？」

「そう。よく見るとね、びっしり蕾《つぼみ》がついてるのが見えるでしょ。ほら、さっきの、ライトみたいなのつけて」

「これですか」

沙希はスマホのライトをオンにして、枝に近づける。

「あ、ほんとだ。ちっちゃい丸いのがいっぱいついている！」

「これがね、二月くらいになると、ぱーっと咲きます。でも、気が早いのは年末に咲いちゃったりするわけ」

「じゃ、二ヶ月くらい、咲きっぱなしですか？」

「そう。三月だって、梅の季節でしょ。だから、二ヶ月以上咲くね。種類によって、見ごろは違うけど、この梅はやたらと長く咲きますよ」

「やたらと」

相槌を打ってから、沙希は、くちゅんとくしゃみをした。

それを合図に、住職と沙希は丁寧にお辞儀をして、「よいお年をおむかえください」と挨拶して別れた。


それ以来、沙希は梅を見るとつい、どれくらい開いたのかを気にしてしまう。

後期試験が終了し、入試シーズンに突入する直前の二月の初めに、また梅の興味深い話を聞いたときは、妙洞寺の向かいの梅林の花はもうずいぶんと開いて、見ごろ感を漂わせていたのだった。

沙希は講師用のコピー機の前で知り合った来栖先生が、「布袋」に入ったことがないというので、この大学に勤務しているのに「布袋」を知らないなんてなんてことだと主張して、来栖先生と、そのボーイフレンドの猿渡《さるわたり》くんという人と三人で待ち合わせて飲みに行った。どうして猿渡くんが来ることになったかというと、それはもう、ただただ猿渡くんが、

「いいなあ」

と言ったからだそうで、来栖先生としては、猿渡くんの、

「いいなあ」

を振り切ってひとりで来ることはできなかったらしい。

来栖先生が沙希に向かって、ゲイであることをカミングアウトしたのはこのときで、

「もうひとり、『布袋』に行ってみたいという男がいるんですが、連れて行ってもいいですか？」

とたずねた後、少し間をおいて来栖先生は言った。

「猿渡くんといって、どう言ったらいいかな、ぼくの、彼氏なんですよ」

「あ、そうなんだ」

と、沙希は言った。

「彼も大学の先生？」

「ではなくて、小さい会社をやってます」

「そうなんだ。もちろん、いいですよ。いっしょに行きましょ」

「よかった。じゃ、誘います！」

来栖先生はホッとした表情になった。それから少しおもしろそうに笑って、

「あんまりびっくりしませんでしたね」

と言った。

「彼氏のこと？」

「うん。まあ、ぼくも、あまり構えずさらっと言いたいなとは思ってるんですが」

「そこは、ほら、西海岸に住んでたから、とっても普通のことだったから」

「そういうもんですか」

「うん。ほんとにそういうもん。とくに大学は」

というわけで、来栖先生と猿渡くん、沙希の三人で「布袋」に行ったのは、二月の初めの水曜日の夜だった。

ぼさぼさの髪に眼鏡、紺色のマウンテンパーカーにチノパンとスニーカーの来栖先生と並ぶと、少年記者タンタンのようなクルーカット、アビエーター・ジャケットの下にタートルネックのセーターとジーンズを合わせ、あたたかそうなモカシンを履いた猿渡くんは格段におしゃれだ。

少し待って、窓際の席に通され、寒いのでいきなり熱燗《あつかん》にしようかと思うと沙希が言うと、

二人とも「あったかいのがいい」というので、熱燗、牛筋大根、おでんという「あったか」シリーズの他に焼き鳥の串を人数分頼んで、足元に置かれた七輪に心癒された。

猿渡くんは同じ市内だけれど、うらはぐさからはだいぶん南に下った地域に住んでいるという。来栖先生の大学院の後輩で、都市史を専攻していたのだけれども、フィールドワークやリサーチが好きだったので、自分で会社を立ち上げて自治体や企業から請け負った仕事をしているらしい。詳しいことを話してくれなかったのと、沙希の理解が及ばないのと、来栖先生もあまり気にしていないらしいことがあいまって、猿渡くんの会社は「マーケティングリサーチだかなんだかの会社」という、きわめて曖昧な形で沙希の頭にインプットされた。

ともあれ猿渡くんは、もともと街の歴史を研究していたわけで、東京西部・武蔵野界隈の歴史にもとてもくわしかった。

「うらはぐさというのは、台地なんです」

ふがふがとおでんをつつきながら、猿渡くんは言った。

「だいたい、文明って黄河《こうが》とかインダスとかもそうですけど、川を起点にして作られるでしょ。ここいら、武蔵野には、江戸時代に真水をお江戸に提供した神田川《かんだがわ》に流れ込む川がいくつもある。その川にすぐ出られる高台だから、縄文時代から人が暮らしてたんですよ。それからも集落はずっとあったんです」

「うらはぐさが宅地造成されたのは、関東大震災以後だよね」

熱燗を飲んで鼻を赤くした来栖先生が、眼鏡を曇らせたまま言う。

「もちろんそうだよ。新宿の西側はどこも、関東大震災で被災した人たちが移り住んできてくるからね」

「井伏鱒二《いぶせますじ》の『荻窪風土記《おぎくぼふどき》』には、新宿郊外の中央沿線方面には三流作家が移り、世田谷方面には左翼作家が移り、大森方面には流行作家が移って行くと、書いてある。三流作家っていうのは謙遜なんだろうけど」

「関東大震災がきっかけで、東京も広くなったって、そんなことが書いてあったよね。井伏鱒二が荻窪に引っ越したのも、震災のせいでしょ。大正末くらい？」

「昭和の初めじゃなかったかな」

そんなことを話している間に、目の前で焼き鳥の串は炙《あぶ》られ、ひっくり返されて、甘辛のタレがちょっと焦げる、いい匂いをさせる。

「猿渡くんも、『布袋』ははじめてなの？」

「はじめてなんですよ。店のことは知ってて、来たかったんだけど、ちょっと遠いから、なかなか」

「同じ市なのにね、バスじゃないと来られないんだよね、さるちゃんとこからは」

「そうなんだよね。こっちに電車で来ようと思うと、いちいち新宿を回んなくちゃなんなくて不便なんだよね」

「僕ら、いっしょに暮らそうという話は何回か出てて、うらはぐさあたりはいいんじゃないかって、何度か話してるんだけど」

「実現しないの。本が多くて」

「本？」

「お互いに、持ってる本が多すぎて。書庫かなんかを作るか、本のために一部屋借りるかしなきゃいけないと思うと、億劫《おっくう》なんだよね」

ねーっと、二人は顔を見合わせて笑った。

それから、来栖先生が続けた。

「でも、あのバス、いいじゃない」

「うん、あのバス、いい」

「不思議につるつると住宅地を抜けてくるんだよね。でかい幹線道路を通らずに」

「そう、妙洞寺の近くを通るんだけど、あそこに梅林があるじゃない？」

「え？　妙洞寺の梅林？」

沙希は知っているものの名前が出てきて、ちょっとびっくりした。

「妙洞寺の向かいっていうか、横にある、梅畑のこと？」

「そうそう、あそこは農家さんの梅畑なんでしょ」

「うん、ご住職がね、そう言ってたよ」

猿渡くんは、おもしろそうにうなずいた。

「梅農家さんは、どこまで梅園川《うめぞのがわ》の歴史とかかわりがあるのかな。あそこはもともと梅園の一部だったということはないのかな？　単なる偶然なのか」

「うめぞのがわ？」

「聞いたことないですか？　梅園川っていう川があの辺には流れてたんです。裏葉草八幡宮から妙洞寺にかけてのあたり、民家を縫うようにして、遊歩道があるの、知ってます？」

「遊歩道？」

はっと驚いて、沙希は口元を手で覆った。

にわかによみがえったイメージの中で、従兄の博満が前を小走りに行き、伯父と伯母が沙希の手を両側から持って、ときにふわりと沙希の体を浮かせてくれる。

あの道は、除夜の鐘をつきに行くときの梅並木の遊歩道だったのではないか。

「梅の並木のある遊歩道？」

「そうそうそう、そうです。あれは、梅園川の暗渠《あんきょ》を遊歩道にしたときに、往時をしのんで植えた梅の木だそうですよ。じつは、あそこらへんいったいは、かなり広い梅園だったらしい。いや、中野の桃園のほうが圧倒的に有名ではありますが」

ここで来栖先生と猿渡くんは、ひとしきり「中野の桃園」の説明に入った。

五代将軍徳川綱吉《とくがわつなよし》の時代、今の中野駅近辺は「お囲い」といって、犬の収容所だった。もとは将軍のお狩場だったが、犬公方《いぬくぼう》と呼ばれた綱吉が「生類憐《しょうるいあわれ》みの令」を出したがために、もちろん鷹狩は禁止。「お犬様」と下にも置かない扱いをしなければならない犬なんか、うっかり飼ってはおけないと、庶民がどんどん犬を捨てたせいで野犬が増えてしまった。困った幕府は、元お狩場の中野に野犬収容所を設置した。綱吉が死んで「生類憐みの令」が廃止され、八代将軍吉宗《よしむね》が鷹狩を復活させ、ここに休息所を作って紅白の桃を植えたものが、いつのまにか桃の名所となり、庶民の春の楽しみとなったとか。

「吉宗って、花見が好きだったのね」

「そうね、飛鳥山《あすかやま》に桜を植えたのも吉宗だしね」

「いや、花見でガス抜きっていうか、パンとサーカスみたいなもんじゃないの？」

猿渡くんの話題が、梅園に戻ってくるのに少し時間がかかったが、沙希はようやく聞きたいことが聞けた。

梅園。

「そう、あのあたりは梅園があったんです。吉宗とは関係なくて、かなり昔から梅の里で、梅の実を採取したり、花を染料に使ったりしていたらしい。だから、もしかしたら、あそこの梅林も、ご子孫が受け継いでいるんじゃないかなと、ぼくは思ったりしてるんです」

「川がねえ、暗渠になっちゃったんだよね」

「そう。梅園川って、名前もそのままの川が流れてたんですよ。こっちは五十年前くらいまでは開渠《かいきょ》だったんだけれども、生活排水が問題になったりして、東京中の河川が暗渠になったときに、やっぱり閉じられてしまって、いまに至るわけなんです」

「戦後の農地改革とか、もっとあとの集合住宅の時代とか、いろんな時期に土地は姿を変えさせられていって、いつのまにか梅園は、あったことも忘れられてしまったという」

「中野の桃園にはかなわないけども、梅園にも季節になれば人が集まったそうですよ。そういえばいまごろはきれいなんじゃないかな、梅」

「満開にはもう少しかかるだろうけどね」

来栖先生と猿渡くんは、幸せそうに熱燗をおかわりした。

川?

梅園?

沙希は、お酒が入ってほどよくゆるんできた頭の中に、川を流したり、梅園を浮かべてみたりした。なんと風流な光景であろうか!

「梅園には伝説が残ってるんですよ。って、ほとんど誰にも知られてないけど」

「伝説って、なにかすてきな物語みたいなやつ?」

「どうだろう、すてきかな?」

「なに、ぼくも知らない。どんな話?」

「昔はあそこら一帯は梅園ではなかったんだけど、梅の木が一本生えていてね、その木の下で、牛がね、女の子と恋をするんです」

「『遠野物語《とおのものがたり》』に出てくるよね、馬に恋した女の子の話」

「オシラサマか」

「異類婚姻譚？」

「まあ、そうかなあ。どうかなあ」

「どうかなあって、どうなんだよ？　だいいち、牛ってのはなんなんだよ。どっから出てくるんだ、牛は」

「牛は、だって、このあたりにはいっぱい、いたもの」

「え？　大根畑じゃなくて？」

沙希は、ウラハグサシティの前身がアメリカ軍人家族の暮らす米軍住宅で、その前は特攻隊が飛ぶ飛行場で、そのまた以前が大根畑だった、というのを思い出していたのだった。

「あれ？　よく知ってるなあ。そう、大根畑も多かったですよね。だけど、牛もいっぱいいたんですよ」

「牛？」

「牧場。知らない？　武蔵野といえば牧場がたくさんあって」

沙希は目を丸くした。なによ。知らない。

「牧場もあったんですか？」

「田舎だったんだね」

「そして、牧場の牛が、女の子と恋をしたと？」

「梅の木の下であいびきを重ねていて、とうとう結婚したいと言い出した。だけど、やはりご多分にもれず、親の反対にあい」

「殺されるんでしょ？　牛が殺されるのよね？」

「いえ、牛と女の子が青梅を食べて心中を図るんです」

心中。

「せめてこの、なつかしい梅の木を思い出にいっしょに死にましょうと。それを見て、梅の神様がかわいそうに思って、牛と女の子を梅林に変えたんですね」

「梅の樹の下には屍体《したい》が埋まっている。これは信じていいことだ」

来栖先生が、棒読みのようにつぶやいた。

ふーん、と、沙希はため息をついた。

伝説じたいは、とくに感心もしなかったが、自分の暮らす場所が、連綿と続く土地の歴史の変遷の果てにあることが、マーシーのウラハグサシティの演説以上に、心に迫ったからだ。

「川があって、梅園があって、大根畑があって、牧場があって、小高い丘にはうらはぐさが茂ってたわけね」

「そうなんですよー。うらはぐさは高台や崖に生えるイネ科の植物で、学名はハコネクロア、牧野富太郎《まきのとみたろう》が箱根で発見して命名したというんだけど、箱根じゃなくても関東から和歌山あたりまで見られる、日本固有の植物で」

「花言葉、知ってる？」

沙希はちょっと得意になって質問した。わたしは知ってるの。秋葉原さんに教えてもらったから。

「知らない」

同時に二人が言った。

「花言葉はね、未来」

「未来、か」

未来、か。

と言った猿渡くんは、ちょっと何か考えるような表情になった。

過去の話ばかりをした後で、花言葉がひどく唐突な感じもしたけれど、過去の連なりの果てに現在はあり、未来もあって、それらはうらはぐさという地名でつながっているのだなあと沙希は実感する。

そして、串を食べきるほどの間、三人はなにか別の話をした。

「布袋」は居心地のいい居酒屋だけれど、長々居座る場所ではないので、切り上げて移動しようということになり、タクシーを拾って、大きい街のほうに行き、猿渡くんがときどき顔を出すというバーに行った。カウンターの他にテーブル席もあり、三人はそこに座った。大きな窓から夜の街が見渡せた。

そこで沙希は、猿渡くんの微妙な表情の理由を知ることになった。

コロンと、ウイスキーに入った氷の音をさせて、猿渡くんが言ったのだった。

「うらはぐさのあたりは、新しい道路計画の図面に入ってるんです。あけび野駅は地下化されて、それにともなって駅の近くも再開発計画が上がっています。詳しくは知らないんだけど、商店街はかなり、難しい選択を迫られると思います」

え?

突然のことで、頭に言葉がきちんと入ってこない。

「再開発って、渋谷や銀座でやってるようなこと?」

「いや、それは規模が違うかな。でも、根本的にはやっぱり近いのかな。少しどうかなと思うのは、道路計画のもとになってるのが、一九四七年のものなんです」

「一九四七年って、終戦の二年後?」

「そういうことになるよね」

「というか、もっというと、関東大震災後の復興計画から話が始まる」

「じゃあ、もう、井伏鱒二くらい古いってことね」

「井伏鱒二はもっと古いですよ」

「本人じゃなくて、井伏鱒二が『荻窪風土記』を書いた頃くらい古いってこと」

「私鉄が地下化されるのは、歓迎する人が多いって聞いてます。踏切渋滞が解消されるから」

「そっちも終戦直後の計画?」

「いや、それはまた、別みたいですけど」

「道路計画っていうのは、どこになるの?」

「あけび野商店街の道路を拡張する計画なんですよ。大型の車を通しやすくするという。戦後すぐに決まって、六〇年代に改定されたんですが、その後、五十年も放置されてたものが、三年前だったかな、急に都が認可して動き出した。用地買収や建て替えは、少しずつ始まってて。そうなると、『布袋』もどうなるのかなあと思って。気になってた店だけに、閉まる前に行ってこようと思ってたんですよ、そしたら、たまたまくるりんが誘ってくれたから」

「くるりん?」

「来栖だから」

来栖先生と猿渡くんが、くるりん、さるちゃんと呼び合っていることも小さな衝撃だったが、それ以上に、「布袋」が閉まるという話は寝耳に水だった。

「『布袋』が、閉まるの?」

「いやいやいや、計画がどうなるのかわからないし、『布袋』さんがどういう決断をするかも知らないし、そこはまだ、ぜんぜん。ただ」

と、猿渡くんは、慎重に言葉を止めて、くちびるを噛んだ。

「ただ？」

「道路を拡張するとなると、商店街の建物はセットバックしなきゃならないから、取り壊しにはなりますよね。街並みも変わるし、元あったお店がどこまでどう戻れるのか、ちょっとわかんないです、そこは」

商店街の建物がセットバック？

沙希は、「布袋」もさることながら、秋葉原さんの足袋屋が急に心配になってきた。とうぜん、丸秋足袋店には道路拡張計画の影響があるはずだった。秋葉原さんは、それを知ってるんだろうか。

「あけび野商店街は、古道だったんです」

猿渡くんは、静かに話し始めた。

「あそこ、駅からちょっと斜めに入るでしょう。そして、住宅街のほうに続いてるでしょう。住宅街には遊歩道がありますよね。ところどころ、比較的大きな道に阻まれるけど、梅の木が植えてあったり、場所によってはハナミズキとか、小学生が作った花壇があるところもあります。あれは、さっきも話したけど、暗渠になった梅園川の上に造られた道なんです」

「そうすると、あの商店街はもしかして、妙洞寺に続く参道か！」

来栖先生が、はじかれたように顔を上げ、猿渡くんは二回ほどうなずいた。

「あけび野商店街から妙洞寺に至る途中に、梅園橋っていう交差点があるんです。もちろん橋なんてどこにもないんですけど、きっとかつては橋がかかっていたんでしょうね。いまは、駅に近いほうに店が残ってるけど、もともとは橋を渡って妙洞寺へ行く道の、寺に近いほうに店は多く並んでいたんだと思います」

「なるほどね」

来栖先生は、窓の下に広がる街並みに目を落として、続けた。

「街は、変わるわけだ。過去、現在、未来」

「布袋」が、丸秋足袋店が、あけび野商店街が、「かつてここには」と過去形で語られ、梅園橋のように「どこにもない」ものに変わってしまうなんてことがあるんだろうか。

沙希の心中は、穏やかでなくなった。

早く、秋葉原さんに会わねば。

そう、あせりながらも、なかなか時間が作れなくて一週間ほどが過ぎ、今日こそは行ってこようと思っていた日曜日の午後、秋葉原さんはぶらりとあらわれた。

考えてみれば、秋葉原さんは自由人で、どこにいるか、どこに行くか、刺し子姫すらちゃんと把握していないくらいなので、沙希が会いたいと思ったから会えるというものでもなし、こうして訪ねてくれる機会を待つのがもっとも効率的ではあった。

この日、秋葉原さんはプラスチックの黒いバケツを手にしていた。

例のごとく、勝手知ったる庭に入り込んだ秋葉原さんは、牡丹から少し離れたあたりにバケツを置くと、庭に面した窓を叩いた。

「ちょっと。来てみたんだけど、いますかね？」

パジャマ姿のままだった沙希は動揺したものの、こんなことをするのは秋葉原さん以外ありえないし、秋葉原さんになら、どういう恰好を見られてもどうだっていいし、それよりも話があるんだからと自分に言い訳すると、パジャマの上からダウンジャケットを羽織って障子を開け、廊下の向こうの窓を開いた。

「よかったら、隣の部屋にどうぞ。お茶でも淹れますから」

「いや、これ、置いたら帰るつもりだったから」

これ、と言って、秋葉原さんはバケツを指さす。

「なんですか、それ？」

「梅」

「梅？」

「町内で、庭木を手入れしてるお宅があるんだけど、庭の梅をだいぶ切ったのね。だけど、蕾がたくさんついてたから、咲くかなあと思って持って帰って水につけといたの。咲くかなあというか、咲くんだよ」

沙希は、仕方がないので庭用のサンダルに履き替えて、ダウンジャケットの前を掻き合わせながらバケツの近くまで寄って行った。

「あ、ほんとだ。梅だ」

「おすそ分け。ほら、ここ、一輪、開いてるでしょ」

「じゃ、これから、この蕾がどんどん？」

「開いてくると思う」

「どうすればいいの？　これ。咲いたら」

「どうしようね。口の広い重たい花瓶があれば。それかもう、このまんま楽しむ」

「そうね、バケツじゃないほうがいいな。なんか、探そう。それより、秋葉原さん」

ちょっと入ってください、コーヒー淹れるから。

秋葉原さんは、そうなの、じゃあ、と言って玄関に回り、手を洗ってから茶の間に入って来た。

「秋葉原さん、わたし、友だちに聞いたんですけど、あけび野商店街、道路拡張計画があるんですって？」

秋葉原さんがコタツでちんまりと座って待っているところへ、沙希はテルマコーヒーで買った「テルマ・ブレンド」を淹れ、クッキーと共にコタツの上に置いた。

「わたし、ぜんぜん、知りませんでした」

「あ、そう」

秋葉原さんはなんだか話したくないことを聞かれたように下を向いて、それからコーヒーを口元に持っていきながら庭を見た。そして、

「あっ」

と、小さく叫んだ。

「どうしました？」

「見てみて。さっそくメジロが来たよ。あれは花じゃなくて、水を飲みに来たんだな」

たしかにバケツのへりにとまって、小さい緑色の鳥がしきりに体を傾けていた。

「かわいい。あれはメジロなんですか。うぐいすではなく？」

「うん、メジロ。梅にうぐいすって言うけど、たいていはメジロだよ。だって、うぐいすは梅の蜜なんか吸わないもの」

「メジロは梅の蜜を吸うんですか？」

「メジロとヒヨドリは蜜が好きでね。梅の受粉は鳥がするんですよ。まだ、蝶や蜂が飛ばない季節に梅は咲くでしょ。そして長いこと咲くでしょう。その期間に、鳥が花粉を運ぶんですよ。かわいいでしょ」

「かわいいですね」

「あのまんま、庭に置いといてもいいね。メジロが蜜を吸いに来る」

「いいですけど」

沙希はためらいがちに、それでも聞きたいことを聞いた。

「秋葉原さん、お店、どうなさるんですか？」

ふう、と、秋葉原さんはため息をついた。

「そうだよねえ。そろそろ決めなきゃいけないでしょうね。だけど、沙希ちゃん、足袋屋なんか、もう、誰が来る？　何十年も前に閉まっててもおかしくない店だよ。うちの奥さんの刺し子グッズだって、好きにやらせてるけど、ありゃ、友だちしか買わないよ。わたしはもう後期高齢者でしょ。真弓さんだって、いい年だよ。あそこは売って、二人で施設にでも入るのが、順当じゃないのかね」

沙希は息を吞んだ。自分の胸の動悸が聞こえる。

「ずっと、考えてらしたんですか」

「うん、まあ。そういう話は以前からあったけど、三年前くらいからかなあ」

「でも、屋上は？」

「屋上だけ残すってわけにはいかないでしょう。ただねえ」

秋葉原さんは目をつむってズズッとコーヒーをすすった。

「うちの、真弓さんが、いやだと言う」

「真弓さんが」

「いつか、最終的に、施設に入らなきゃならん日が来るとしても、いまじゃない。いま、ただただ、ここを更地にして、隣近所といっしょくたにカラオケのビルなんかにされるのはいやだと、奥さんがね」

ふいに、沙希は思い出した。

沙希がはじめて丸秋足袋店を訪ねた日、屋上の菜園を見せてくれた秋葉原さんに寄り添って、たしかに真弓さんは、

「なくしたくないなあ」

と、言ったのだった。

「わたし、こっから見る景色が好き」

と。

七　エナガの巣

うらはぐさに春がめぐり、大学は、休みに入った。

沙希はこのごろ、朝起きると散歩している。暖かくなって、出かけるのがつらくなくなったのもあるし、近隣の家の庭に植えられた植物が、開花していくのを見るのが楽しいというのもある。くるりん、さるちゃんが教えてくれた遊歩道は、場所によって植えられた植物が違い、目を楽しませてくれるのだった。

梅の次には桃が、桃の次には木瓜《ぼけ》が花をつけた。冬から咲いていた山茶花《さざんか》はその季節を終えたが、椿がおおぶりの見事な花を咲かせるようになった。伯父の庭の牡丹も、赤みがかった葉を伸ばしつつある。

もうすぐ桜も咲くだろう。いや、今朝ほどは、ぱらぱらと開いたつぼみを見つけた。

それ以上に、春を感じさせるのは鳥たちである。チュンチュンとか、ピーヨロとかジージーといったそれぞれの声でさえずりながら、鳥たちは住宅街を楽し気に飛び回る。

伯父の庭にある柿の木は、もう相当な高齢で、そろそろ寿命かもしれませんと、秋葉原さんも言う。木の幹には、びっしりと苔が生えている。それがいかにも年寄りですという雰囲気をにじませているのだが、戸外が暖かくなると鳥の鳴き声とともに、その幹の苔が活用され始めたのがわかった。

すずめより小さくてスレンダーな鳥が、くちばしで熱心に幹をつっついているので、おいしい虫でも隠れているのかなと思っていたら、苔をむしって咥《くわ》えて運んでいく。

おそらく近くの木に、ちょうどいい子育て場を見つけたのだろう。鳥は一羽のときもあるが、同じ種類の鳥がもう一羽、近くにいるときがあるから、つがいなのではないかと沙希は想像した。伯父の家には、柿の木以外に背の高い木がないから、近所のどなたかの家にある立派な木に巣をかけるため、建築材料を運んでいるのだろう。

「エナガですね」

手作り野菜を運んできてくれた秋葉原さんは、沙希にうながされて柿の木の枝に止まった小鳥を見ると、そう言った。

「エナガ?」

「シジュウカラの仲間だけど、体が小さい」

「小さいですね、たしかに。すずめよりも小さいくらい」

「巣にはこだわりのあるやつでね」

まるで知り合いの話でもするような調子で秋葉原さんは言う。

「比較的寒い時期から巣作りを始めるので、暖かくするための工夫があるんですよ。苔を集めて枝に丸い巣をかけるんだけど、蜘蛛《くも》の糸を使ってしっかりと固定します。頭がいい。中には羽根をたっぷり敷き詰めてね」

「丸い巣？」

「そう。体も小さいから、巣じたいもそれほど大きくありませんが、特徴のある、木の瘤みたいな巣を作る。芸術的な巣作りとも言われますね。エナガはおもしろい鳥で、仲間といっしょに子育てをするんです」

「つがいじゃなくて」

「つがいだけじゃなくて。つがいももちろん育てるんだけど、ヘルパーさんが手伝う」

「ヘルパーさんとは？」

「小さい鳥で、なかなか雛《ひな》がちゃんと育たないので、子を亡くすつがいもいるんですね。そういうのが、仲間の子育てを手伝うそうですよ。巣立つと群れになって行動する。なかなか社会的な鳥なわけだよね」

「ほほう。じゃ、うちの柿の木の苔も、社会のために役立つわけね」

「そういうこと。年寄りの木も捨てたもんじゃない」

「年寄りは大事ですよ、そりゃ捨てられませんよ」

いつものように、秋葉原さんとそんな話をして、沙希はふと、伯父に会いたくなった。

特別かわいがられたとか、誰よりも仲のいい伯父だったとかいうわけではない。なついていたのはむしろ伯母にであって、陽気で明るくて面倒見のいい伯母さんは沙希の母と仲がよく、姉妹がいつも楽しそうにしているから、その雰囲気が好きだった。

伯父は行楽のときの運転手だったり、あまり口を利かずに同じ食卓にいる人だったり、という印象が強いが、何度か博満といっしょにボウリングに連れて行ってくれた。

行くとなにやら夢中になって、非常に高い得点をたたき出す。ふだんの不活発が嘘のように張り切る。沙希がガーターばかりなのに業を煮やして、後ろからいっしょにボウルを支えて、一、二の三！　で投げる、というのをやろうとして、運動神経の鈍い沙希はボウルを手放すタイミングを間違えて、球ごと伯父に投げられてしまったことがあった。

大泣きする姪を前になすすべもなく困り果てた伯父の顔が思い出されて、沙希はくすくすと一人笑いをした。

伯父の家で暮らしていると、いやでも伯父の生活の印を見ながら日々過ごすことになる。博満に買い換えていいと言われたが、沙希はあえて伯父の使っていた家具の中で暮らしていた。お金の節約でもあったけれど、それ以上に、その雰囲気を変えたくなかった。誰かが暮らした印は、それこそたとえば庭の牡丹のように華やかであることもあれば、壁に白く残ったカレンダーの跡や、なにかの引き出物らしい皿のこだわりのなさだったりする。伯父さん、あれはいつ、なんのときにもらったんですかとか、あれはとても使い心地がいいですねとか、あの部屋は午前中に明るい光が入って、冬でもずいぶんあったかいですねとか、そんなことを話してみたい気がした。

コロナのせいで、施設の面会は禁止されたり制限されたりしていたから、直接会ってお礼を言う機会が半年以上もなかったのは気がかりでもあった。博満は、会ってもなんの話もできない、耳も遠いし、記憶もない、誰が誰だかわからない、と言うのだが、それでも一度くらいは、伯父に挨拶をしてしかるべきではなかろうか。伯父の家を、借りているんだから。

「じゃ、あれ、やる？　オンライン面会」

電話をかけると博満は、めんどくさそうに、そう言った。

オンライン面会？

「施設のホームページからネットで登録するんだよ。そうするとメールアドレスにＵＲＬが送られてくる仕組み。オレはやったことないけど」

「やったことないの？」

「ないけど、沙希ちゃんなら問題なくできるだろう、ほら、いくつかあるでしょう、オンライン会議みたいなのができるシステム」

「ああ。できると思う」

「オレは苦手なの。親父とは今は月一で対面やってるから、オンラインはなし」

「オンラインは月に何回できるの？」

「やりたきゃ週一くらいでもできるんじゃない？　詳しくはホームページで」

博満がＣＭみたいなことを言って電話を切った。

そういうわけで、沙希が伯父の顔をスクリーン上で確認し、声を聞いたのは、日本に戻ってきてからゆうに八ヶ月も経ってからだった。

伯父は施設の人につき添われて、画面にあらわれた。

「姪御さんですよ」

と、耳元で言われて、伯父の目は泳いだ。

「伯父さん、沙希です。香苗《かなえ》おばちゃんの妹の美恵《みえ》の娘です。いま、伯父さんの家をお借りして住んでいます」

伯父は耳が悪いらしく、すべての会話に施設の人による拡声リピートがつく。香苗おばちゃんが伯父の妻であるという解説を、沙希は施設の人向けに差しはさむ。施設の人が、理解した内容を伯父の耳元で叫ぶ。

「奥さんの、妹さんの、娘さん。姪御さん。お宅をね、いまね、借りて住んでるんですって」

「あ？」

「お家をね、借りて、住んでるんですって」

「なんとまあ！」

伯父はいきなり大きな声を出した。

「それは、たいぎなことですなあ！」

「いえいえ、たいぎなことではありません。たいへん住みやすく暮らしております。早く、伯父さんにお礼を言いたくて」

「たいぎじゃ、ないんですって。住みやすいって。ありがとうって」

「いやいや、それは驚きましたなあ」

伯父はまるでなにかがわかっているかのようである。

「そんなところでひとつまあ、それではみなさん、さようなら」

伯父はそう言って手を振った。

面会時間はまだ十分以上残っていたので、沙希は少しがっかりしたが、博満の話を聞いていたから、ともかくお礼を言えたのに満足して退出しようと思ったのである。

ところが、そのとき施設の人が、

「うわああ、渡辺《わたなべ》さん！」

という声を上げて、がたんと音を立てて椅子を離れ、画面から消えた。

渡辺さんになにが起こったのか？　そして渡辺さんて、誰？

なにか、別の入居者にアクシデントが起こったようだった。みなさん、さようならと言って手を振った伯父は、画面の中にひとりで残された。伯父と姪はスクリーンを介して一対一になった。

「伯父さん、聞こえる？」

沙希はこころもち大きな声を出してみた。伯父は丸い目をくりくりとチャーミングに動かした。

「庭のね、柿の木の苔を、エナガがとっていくの」

伯父は真一文字《まいちもんじ》に口を結び、テーブルに肘をついて組んだ両手を顎の下に置いた。カメラに近づいたので、いきなり伯父の顔は大きくなった。伯父はその姿勢で頭をゆらゆらと左右に揺らした。なんのつもりかはわからなかったが、どこかしら楽しそうなので沙希は安心して続けた。

「近くの木に巣を作ってるんですって。秋葉原さんが言ってた」

「まあ、そういうこともありますでしょう」

伯父はコメディアンめいた仕草と表情を崩さずに、調子を合わせた。

「秋葉原さん、知ってるでしょ？」

「そら、そうだ」

伯父は満足げにふんぞり返った。伯父の顔がこんどは小さく、そして声が遠くなった。

「しょっちゅう、会ってるの。伯父さんの友だちが、わたしの友だちになっちゃった！」

ハハハ、と沙希が笑うと、伯父もうれしそうに画面の向こうで笑った。誰かとその幸福を分かち合いたいと思ったのか、伯父は右を見たり、左を見たりして、手招きの姿勢を取ったが、誰もやってこなかった。渡辺さん事件は、まだ解決していないようだった。

「伯父さん！」

沙希は声を張り上げた。伯父はびっくりして画面を見つめ、またテーブルに肘をついて先ほどの姿勢を取り、沙希の顔を指さしては、誰かに知らせようと横を向いて人を探した。

「いいんだってば、伯父さん。施設の人は渡辺さんで忙しいのよ」

沙希はまた叫んだ。伯父は目をぱちくりさせた。

「ねえ、伯父さん。あけび野商店街のところに、道路拡張計画があって、あのあたりは再開発の対象になってるって知ってた？」

沙希は自分の口から出てきた言葉にびっくりしたが、話し出すと止まらなくなった。

「伯父さんはずっとあの界隈で暮らしてたでしょう？　どう思う？　あの商店街がなくなってしまうの、どう思う？」

伯父は人を探すのをあきらめて、こんどはまた両手を組んだ上に顎を乗せて、先ほどと同じように頭をゆらゆら左右に動かした。どうやらお気に入りの動作のようである。

「去年の夏に、こっちへ帰ってきて、伯父さんの家に住まわせてもらうようになったでしょう？　あけび野商店街は、学生時代に通った場所だし、伯父さんや香苗おばちゃんとの思い出もあるから、わたしにとっても特別な場所なのね」

伯父はなにかを悟ったように背もたれに深く身をあずけた。つまり、ふたたび伯父の顔は画面の中で小さくなった。伯父は両手を胸の前で組んで、ふーんとなにか考えるような表情になった。ひょっとしたら、寝てしまったのかもしれない。

それでも施設の人が戻って来なかったので、沙希は構わず続けた。

「それがなくなっちゃうかもしれないのが、不安でしょうがないの。秋葉原さんは、もう年だし、足袋屋なんて商売は成り立たないから閉めるっていうんだけど」

伯父はまた、ふーんと息をついた。

まるでなにかを真剣に考えているかのように見える姿に励まされて、沙希は思いの丈をぶつけることにした。いずれにしても認知症の伯父に話すべき内容を思いつかなかったし、認知症であるとかないとかということとは別に、伯父に知らせたい話であることはたしかだった。

「でもね、わたしはあの、商店街の雰囲気が好きなわけ。古くから変わらない街並みが好きなわけ。ちょっとぼろっとしているところも含めてね。だけど、わかるよ。すべてのものは変わっていかないと滅びてしまうんだよね。残るものは形を変えて残っていく。ほったらかしにしておいたら、朽ちていくしかないんだもの。だから、リフォームとかリノベーションってものは必要よ。メンテナンスという意味もある」

伯父は本格的に舟をこぎ出した。

しかし、沙希の思いは止まらなかった。

「問題は、その方向性だと思うの。近くの小規模店舗の土地をまとめて買い上げて、そこにどこにでもあるようなカラオケや居酒屋チェーンの入ったビルが建つのは嫌だって、秋葉原さんのお連れ合いの真弓さんは言うのね。わたしもそれはなんだか嫌。だけど、道路拡張にともなって、商店街の店はぜんぶセットバックすることになるんだって。そうするとどうなるのかしらね。やっぱり、土地は売るしかなくなるの？　そもそも道路拡張なんて必要なの？　五十年以上前に立てた計画なんですって。そのころとはさ、人の生き方だって、そうとう変わってるわけじゃない？」

グガッというすさまじい音を、伯父は立てた。

「伯父さん？　だいじょうぶ？」

自分のいびきの音に驚いて、伯父は目を覚ました。きょろきょろと周りに目をやり、それから、伯父さん、伯父さんと叫び声を立てている目の前の画面にようやく気づいた。

伯父は大きな欠伸を一つした。

「伯父さん、だいじょうぶ？　施設の人は、近くにいない？」

聞こえているのか聞こえていないのかわからないが、伯父は余裕を取り戻し、泰然とした態度でこう言った。

「まあねえ、わたしに言わせりゃ、こういうことだ。いいもんにあれしなさい。なんでもね、いいもんにあれしなさい」

「いいもんって?」

非常に意味のある言葉が発せられたように思い、沙希は問い返す。

「それは、まあ、あれするしかないなあ」

「あれって?」

「それはそのう、あれだわな」

伯父は続けて、

「そんなところでひとつまあ、それではみなさん、さようなら」

と言った。

伯父の話は終わりのようだった。車椅子から立ち上がろうとしているのを、施設の人が気づいたようで、「渡辺さん」の行動を発見したときと同じような声を立ててやってきた。

「すみません、すみません」

という言葉の後で、眼鏡をかけた女性の顔と、ぼんやりぼけた指先がぬーっと伸びてきた。

伯父を映していた画面が消えた。

沙希も「退出」ボタンを押した。

いいもんにあれしなさい。

という言葉を、沙希はその先、考え続けることになる。

いずれは店を畳むことになるでしょう、と、秋葉原さんは言うけれど、そのことを真剣に考えている様子はあまりなく、店に行けばいつもながら刺し子姫がひとりで店番をしていて、秋葉原さんはふらふらと出歩いている始末である。

ところで、秋葉原さんの丸秋足袋店には、ちかごろ不思議なお客さんができた。

沙希の勤める大学の学生であるパティだ。

学園祭が終わったころの、秋のある日にさかのぼる。沙希が足袋店の店先で刺し子姫と世間話をしていると、タッタッタッタと気持ちのいい駆け足の音がして、リュックを背負ったスレンダーな女性が通り過ぎ、過ぎたところでストップして折り返して店を覗いた。

「あれ？　先輩？」

「あれ？　パティ？」

「えー？　あれ？　なに？　こんにちはー」

そう言って、パティは店に入って来た。

「この子はうちの学生でパティってわたしは呼んでて、先輩って呼ばれてて、こちらは刺し子……ええ、刺し子作家の真弓さんなの」

うっかり刺し子姫と言おうとしてから、かろうじてそれを押しとどめて沙希は二人を紹介した。

「ここって、足袋屋さん？」

「そうよ。書いてあるじゃない」

「でも、あんまり足袋が」

「あるよ、こっちに」

「ふつうの足袋じゃなくてさ、ソックスみたいなのも、あるかな？」

「ありますよ。伸縮性のある素材のね。ちょっと待ってね」

刺し子姫が腰を上げ、足袋のある棚に移動する。

「なに、パティ、ほしいもんがあるの？」

「うーん、そう。最近、これ、履いてるからさー」

パティが足元を指さすので、目を留めるとなんと先が割れている。

「ランニング用の地下足袋なの、これ。競技のときには競技用のを履くんだけど、足の裏の感覚を鍛えるのに、いいんだよね」

パティは膝を曲げたまま片足を持ち上げ、踵《かかと》をぐっと突き出して、地下足袋の足の裏を見せてくれた。

「なるほど！」

「だけど、五本指ソックスって履くのがめんどいじゃん。まあ、足には、いいっちゃいいんだけど。それで普通のソックス履いてんだけど、指の間が気持ち悪くて」

「それで、足袋ソックスを探してた？」

「探してたっていうより、いま見つけたんだけど」

刺し子姫は段ボール箱を出してきて、

「これなんかどうかしらね。いいわよ、履いて試してみても」

「それはまずいでしょう。靴下の試し履きはまずいでしょう」

「あら、いいわよ、一足くらい。気に入らなければ、わたしが洗って刺繡《ししゅう》でもするから。せっかくだから試してみて。わりと物はいいのよ、うちのは」

この、刺し子姫の太っ腹な態度に感激したのみならず、しっかり足先をサポートするそのソックスの履き心地が気に入って、パティは三足もまとめ買いをした。基本、酷使するのでソックスの摩耗は人より早いのだそうだ。

こんな出会いもあるものなのか。

本業の足袋にはほとんど力を入れていなかった秋葉原さんと刺し子姫だが、売れるとなれば売らない手はないし、むかしからのよしみで仕入れられるので値引きもできる。そんじょそこらのネットで売ってるようなのとは質も違うんだそうで、履き心地がよいと、パティはファンになった。

こうなると、女子大生ネットワークは偉大だ。陸上部の面々がパティに誘われてやってくるようになり、ちょっとカラフルなものが売れたりもして、これがまた口コミで他校の学生にも拡散した。もともと、自分の刺し子グッズを細々《ほそぼそ》とネット通販していた刺し子姫は、売れるならということで、かわいくて機能性も高い足袋ソックスも販売し始めた。爆発的に売れるということもないが、細々と買われていくそうだ。

パティにつられてやってきたマーシーも、冬にメゾンマルジェラ風の足袋ブーツを買って履き倒していたので、足袋ソックスはとても使い勝手がよさそうと、買うことにした。その後、マーシーは着物に目覚め、家の簞笥の中から色の鮮やかな銘仙などを掘り出して、かなり大胆なアレンジで着るようになった。着物はブーツが見えるように短めで着るのが好きなようである。

いずれにしても、足袋屋ならではのしっかりした本格的な足袋ではなくて、伸び縮みして肌にフィットする足袋ソックスが売れているのはご愛嬌《あいきよう》だが、春先になって、彼女たちのコーディネートの写真といっしょに店頭に出すなどしたので、それなりに若いお客さんも足を止めるようになったらしい。成人式と卒業式にも、「ふつうの足袋だと痛い」という若い子が買って行ったという。

売れているんだかどうだかはわからないけれども、鮮やかな色に派手なプリントの足袋ソックスなども仕入れるようになった。これが「そんじょそこらのネットで売ってるようなの」と本当に質が違うのかどうか、沙希は躊躇して確かめていない。

そういうわけで、丸秋足袋店は若干、店頭のレイアウトに変化があった。

刺し子スペースは相変わらずだが、足袋コーナーが明るくなったのだ。

老舗の風格のようなものは損なわれたと言うべきだろう。ただし、店主の秋葉原さんが「そんなものはもともと一切なかった」と言うので、それもそうかなと沙希は思っている。

こういうのは、あれだろうか。

「残るものは形を変えて残っていく」、その「形」だろうか。

それにしても、この店が残るかどうかは、じっさい、ひどく心もとなかった。

伯父の「いいもんにあれしなさい」を聞いてから、秋葉原さんに報告しようと思って訪ねると、その日もやはり店にいたのは刺し子姫だった。

そして、多少、若い子が足袋ソックスを買うようになったからといって、店が大繁盛というわけではなく、刺し子姫は相変わらずひとりで、新聞に入っているスーパーのちらしを、のんびりと見比べているところであった。

「あら、沙希ちゃん、いらっしゃい」

と、刺し子姫は言った。

「秋葉原はいないわよ。どっか行っちゃってる。晩ご飯には戻るでしょう」

「そうなんですね。ときに真弓さん」

「なんでしょう？」

「真弓さんって、うちの伯父に会ったことあります？」

刺し子姫はきょとんとした顔をして、ちらしの類を奥に押しやった。

「あるわよ」

「あるの？」

「ある。わたしたちが結婚したとき、まだ家にいらしたもの」

「えー、じゃあ、伯父の家で？」

「そう」

「なにか話したんですか？」

「一方的に結婚の報告しただけ。でも、ちゃんと聞いてくれたし、『そういうこともありますでしょう』って言ってくれたわ」

「そういうこともありますでしょう？」

どこかで聞いたようなフレーズだなと思いながら、沙希はおうむ返しに繰り返した。伯父はいくつかの決まり文句を駆使して社会生活を成り立たせていたのかもしれない。

「この年で結婚なんて、なんだか恥ずかしいとか、そんなようなことを言ったんだと思うのよ、こっちがね」

「わりと的確な返しですね」

「伯父さま、いろんなことをわかってらっしゃると思うわよ」

刺し子姫がさらりとそんなことを言うので、沙希も隣に座りこんでオンライン面会のあれこれを話すことになった。

「それでね、『いいもんにあれしなさい』って、言うの」

「いいもんって？」

「『それは、まあ、あれするしかないなあ』って」

「あれって？」

「『それはそのう、あれだわな』って」

そこで二人は顔を見合わせて笑った。

「なかなか、含蓄のあるご意見ね」

と、刺し子姫が言う。

「そうなの。よくわかんないけど、なんとでも考えられるから、聞き手のほうに熟考をうながす感じがする」

「あれだわねえ」

刺し子姫は、ふうっとため息をついた。

「道路計画に反対している人たちもいるのよね。そういう人たちといっしょに、アクションを起こすという方法もある」

「なるほど」

「でも、わたしたち、もう年だもの。引退するほうが自然だという、秋葉原の言うこともわかるのよ」

「道路計画に反対、というのは、商店街のセットバックに反対ということ？」

「そうだと思う。道幅を広げようというのは五十年以上前にできた計画で、高度成長期の発想だと。歩行者や自転車を優先する発想のほうが、いまは重要だろうというのね」

「それなら、いまの道幅でいいじゃないかというのね？」

「たぶんね。でも、もう、地上げに応じてしまった人もいるし、難しいわよね。なにより、秋葉原にその気がない。一度もまともに社会とかかわってこなかった人に、七十過ぎてから反対運動なんて無理」

「それは、そうとも言い切れないと思うけど、やる気がないならできないですよね。真弓さんはどうなんですか？　そういう、運動みたいなのは」

「運動なんてものは、やったことがないんだけどね」

そう言って刺し子姫は言葉を切り、なにか思い出すような表情になった。

お茶淹れるわーと言って彼女は席を立った。

さほど売れているとも思えない刺し子グッズと、やたらとソックスが多くなった足袋コーナーが、店の左右を分けている。ひょっとするともはやこれは「足袋店」ではないとも言えそうだった。時代に応じて変わっていくのであれば、この形態じたいが必要なのかどうかが、問われる時期に来ているのかもしれない。

刺し子姫は奥から、お茶と饅頭《まんじゅう》をお盆に載せて出てきた。

「お、これは、たわら屋のうさぎ饅頭ですね」

「たわら屋さんじゃないの。隣町のお菓子屋さんのなの。たわら屋さん、店じまいしたの」

たわら屋は、あけび野商店街から少し外れたところにある小さな和菓子店で、季節ごとのお菓子がおいしい店だった。

「知らなかったー！」

「コロナもあったんだろうけど、あちらもご高齢でね。みんなそうよ。ただねえ」

刺し子姫は声を落とした。

そして話し始めたのは、秋葉原さんと出会うよりずっと前の話だった。

それまで刺し子姫の過去については、きちんと聞いたことがなかった。なんとなく、聞いてはいけないような気がしていたからだ。

秋葉原さんとの馴れ初《なそ》めは、どちらからともなく聞かされていて、二人がよく行く園芸店で秋葉原さんが声をかけ、飲みに行ったのが最初ということだったが、それ以前のことは知らなかった。

刺し子姫は東北の生まれで、生まれ故郷の小さな町で親の決めた結婚をしたのが七〇年代のことだったそうだ。その一度目の結婚相手とは、男の子をもうけた。でも、そのころの刺し子姫、というか真弓さんは、親の言いなりに決めたその結婚が嫌で、つらくてどうしようもなくて、子どもを連れて東京に出てしまう。

見つかって、連れ戻されて、

「わりといい家だったの。それで」

出ていきたいなら子どもは置いていけ、それが嫌なら二度とこんなことは考えるなと言われた。一年我慢したが耐えきれずに、子どもと離婚届を置いて出て、以来帰っていない。

「女の子だったら死ぬ気で連れて逃げたかもしれないけど、男の子で長男だったから。大事にされることはわかってたから。っていうのは、いまでも自分をなだめる言い訳」

「それからは、一度も？」

「会ってない」

刺し子姫は一気に語ると、湯呑《ゆのみ》を取り上げて流し込むようにお茶を飲んだ。そして、唐突に彼女がそれを話した理由は、衝撃的な離婚劇の後の出来事によるらしい。

「それでね。その、わたしが育って、最初の結婚をして、そこから逃げ出した町というか、村というか、小さな集落だったんだけど、ないのね、もう」

「ない？」

「うん、ない。わたしがあの家を出て四、五年したころだったかな。ダムを作るので、集落じたいをなくしたの」

「あ、じゃあ」

「そう。そこの集落の人間はみんな移住したの。だから、もう、ほんとうにない。なにもない。なくなっちゃったの。つらい思い出のある土地だから、帰りたいとは思わないけど、跡形もなくなるっていうのはちょっとねえ」

そうですね、と沙希は答えた。

「あれからもいろいろあって、自分を責めてた時期もあったけど、秋葉原と出会って、超高齢結婚をして、二人で屋上菜園で野菜を育てて、いま、わたし、とっても幸せなんだけど、この風景もなくさなきゃいけないのかなあと思うとね。なんだかね」

二人が話していると、店先に派手な着物を独特のコーディネートで着たマーシーがあらわれて、

「お邪魔されていますか?」

と、また、どこに向かって発しているのかよくわからない敬語で話しかけてきた。

大学で「浮き上がる」のがこわいらしいマーシーは、着物ライフを楽しむのは週末限定にしていたはずだが、春休みは全面解禁になっているようだ。

「あれ、マーシー? 珍しいね」

「そうでもないです。これからパティといっしょに出かけるので、ここで待ち合わせをさせ

ていただきます」

「ここで？」

「はい、この着物には、刺し子巾着とか合いそうだなと思って」

「え？　刺し子巾着をご所望なの？」

「はい、持たさせていただければ、かわいくなるのではと」

舞い上がった刺し子姫が、マーシーといっしょに巾着を選んでいる間、沙希は板間で後ろについた両手に上半身の体重をあずけるようにして、店や、奥の居住空間や天井などをゆっくり眺めた。

居住空間の奥にある階段に目を留め、二階のベランダに取り付けられた外階段のことも思い浮かべた。たしかに屋上菜園は素敵な場所なのだ。ただ、その手入れはラクというわけではなかろうと沙希は考えてみる。

「そうなのよ」

いつの間にか隣に戻って来た刺し子姫は、沙希の心中を察したかのようにこぼした。

「いつまでも、あの階段を上り下りできない。三年くらいはだいじょうぶだと思ってるの。でも、それ以上は。だから、あきらめろって、天の声みたいなのが聞こえてる、いまは」

新しい巾着を手にしてご満悦のマーシーが、奥に座って深刻な顔をしている二人を見る。

「なにか大きな問題がおありになるんですね」

眉間にしわを寄せて、着物姿のマーシーが近づいてきた。

「うん、いや、まあ、そうねえ、大きな問題といえばそうだねえ」

沙希が応じかけると、刺し子姫は顔の前でひらひらと手を振って、

「おありにならない。おありにならない」

と、笑った。

パティから、隣町の居酒屋に直行するというメッセージを受けたらしいマーシーと、駅までいっしょに行こうと店を出て、べつに隠し立てすることでもないからと、沙希はマーシーに道路拡張計画の話をする。驚いたような顔も見せないのは、界隈では知られた話であったかららしい。

学生の中にも、商店街を残したいという運動を始めた子はいる、と、マーシーはまじめな顔をした。

「テセウスの船問題ですね」

ずり落ちてきた眼鏡を上げながら、マーシーは言う。

「なんの船？」

「テセウスです。テセウスの船、もしくはテセウスのパラドックス。ある物体の、パーツすべてが置き換えられたときに、その物体は以前のものと同じものとお考えするかどうかという、同一性の問題です」

「ほほう。マーシー、教養があるね。大学生っぽいわ」

「照れさせていただきます」

「勝手に照れてちょうだい。で、なんで、船なの？」

「ギリシャの著述家、プルタルコスがこのような伝説を例にさせていただきました。テセウスはギリシャ神話に登場しなさる英雄ですが、クレタ島でミノタウロスを退治してから、三十本の櫂《かい》のある船でアテナイに帰還したとお伝えになられています。その船をアテナイでは記念に保存して差し上げていたのですが、老朽化のためにあちこち修理し、しまいにはパーツ全部が、テセウスが見たことも触ったこともないものに置き換えられておしまいになりました」

「おしまいになったのね、話も」

「はい？」

「すべてのパーツがオリジナルとは異なるものになっても、それを『テセウスの船』と呼べるのか、と。そういう問題ね？」

「その通りです。さすが先輩、お察しがすばらしい」

「お察しというか、そのままの理解だけど、ま、いいや。うん、わかったよ、テセウスの船の話は。たしかに、あけび野商店街の危機と、つながってくる話だね」

「そう思います」

「なるほどね。テセウスの船、か。マーシーはどう思う？」

「なにがですか？」

「『テセウスの船』と呼べると思う？」

「全部のパーツが入れ替わっても？」

「すっかり新しいものになってしまっても」

マーシーはしばらく眼鏡を押さえて考えていて、それから大きく息を吐いた。

「感情的には呼べると思います」

「感情的に？」

「はい。みんながそれを『テセウスの船』だと思っていて、テセウスが船に乗ってどんな旅をしたかも語り継がれていて、それを大事にしたいという感情が継承されているなら」

「ほほう。なるほど。傾聴すべき意見だな」

「でも、ぼろい船があるのは邪魔だし、維持費もかかりすぎるから、コインパーキングにしよう、名前は考えるのもめんどくさいし、近くにもう一つくらい作れそうだから、『テセウスの船第二』にでもしとくか！　と、お考えになられるのでしたら、それはもう、『テセウスの船』ではないのでは」

マーシー、意外にちゃんと考える学生だわね、と思う一方で、

「先輩は、どうお考えしますか？」

と聞かれて、ちょっと悩んだ。

マーシーの言うことはわかるけれど、テセウスの物語は語り継がれていくうちにオリジナルから遠くなっていくことはあるんじゃないだろうか。感情的に、というのなら、コインパーキングに名前を残すのも、なにかしら感情的な意味もあるのではないだろうか。

梅園橋の交差点に、橋はもうないのだけれど。

そんなことを、つらつらと話しているうちに、駅に着いたのでマーシーとは別れた。マーシーを送りがてら駅まで出て、交通系ICカードに入金をしておこうと思ったのだ。

券売機で用事を済ませていると、ホームの方向からうぐいすの鳴き声が聞こえた。このあたりでは、駅でもうぐいすが鳴くのかと最初は驚いたけれど、これも学生のひとりに、視覚障がい者向けの、改札への階段を知らせる合図なのだと教えてもらった。

なんのかんの言っても、小鳥の生活は日本で生きる人々の近くにある。エナガが柿の幹の苔をだいじに巣作りに使うことなどを思い出して、そういった発想と、あけび野商店街の未来はつながらないものだろうかと、若干、余計なお世話なことを考えたりする。

肩からずり落ちたバッグを揺すって担ぎ上げ、家の方向へ歩き出すと、三メートルほど先に人影が立った。背が高く、髪が縮れていて、浅黒い肌に愛嬌のある目。

沙希は驚きすぎて、ほんとうによろよろと数歩、後ろに下がった。

「ごめん。でも、接近禁止命令は出ていないよね」

という意味の英語が、その彼の口から発せられた。
ほんとうに、こんなことはまったく想定外だった。
あけび野駅前に、元夫のバートが立っていた。

八　キョルギとチルギとテンバガー

バートと別れて家に帰る道すがら、なぜだか「早春賦《そうしゆんふ》」という古い歌のメロディが、沙希の頭の中を巡り出した。春っていっても名前だけでまだ寒くって、うぐいすも鳴かないとか、そんな歌詞だったな。

たしかに夕刻を過ぎると風はまだ肌寒くて、春本番は遠いのだと思わされた。

家に戻って重たいバッグを肩から下ろし、洗面所でていねいに手を洗って、茶の間のコタツのスイッチを入れてもぐりこむ。しかし、すぐには暖かくならないのだからと、這い出して台所に行き、伯父の残していったウイスキーを取り出して氷を入れたグラスに注ぎ、買い置きのミックスナッツの袋といっしょにお盆に載せてコタツに戻った。

ふだん沙希は、いきなり飲み始めるということはせず、夕食をとってから、あるいは食事といっしょにアルコールをたしなんでいる。

ウイスキーのグラスを見つめているうちに、これじゃない、やはりごはんだ、という思いが目覚めたので、もう一度、コタツから這い出して、こんどは冷凍しておいたごはんを解凍し、塩こんぶと梅びしお、秋葉原さんからもらった白菜づけをコタツの上に並べた。湯を沸かし、急須で熱いほうじ茶を淹れた。

「うわあ、おいしそう！」

思わず、自分の口から飛び出した言葉に、沙希は耳を疑った。

おいしそう？　いままで食事も忘れるほど動揺していたのに？

しかし、夏に京都に住む友だちが送ってくれた塩こんぶと梅びしおは、白い温かいごはんにちょっと載せて食べるだけで涙が出るほどおいしくて、沙希はお茶うけに、箸休めにと、たいせつに食べ続け、年末には通販でリピート購入までしてしまった代物なのだった。

これを見ても食欲が湧かないときがきたら、それこそほんとに生命の危機だね。

とりあえず、梅びしおを載せたごはんをぱくっと口に入れて、沙希は満足げに目を閉じる。

しかし。

その、京都の友人が問題だった。

問題というのもおかしいけれど、ある種の問題だった。こんなのはフェアではない。こんな不意打ちのようなのはアンフェアだ、と沙希はバートに言った。

「でも、知らせたよ」

バートは眉間にしわを寄せ、両眉尻を落としてそう言うのだ。

「だいいち、ここに住んでるって誰に聞いたの？」

「ロミ」

バートは京都在住の友人の名を挙げた。沙希の大学時代のゼミ仲間で、結婚して京都住まいをかれこれ二十年以上しており、アメリカにも何度か夫婦で遊びに来た。英語が堪能な夫妻だったから、バートと四人でよく旅行したものだった。

「ロミがメールを送った。読んでない？」

沙希は頭を左右に振りながら、バッグの中のスマートフォンを取り出し、メールアプリをチェックした。そしてもう一度、こんどは大きく頭を振った。

「あるはず。スパム・フォルダを見て」

バートはどこか、辛抱強い教師のような口調になった。沙希は「迷惑メール」と書いてあるボックスを開いた。ぱらぱらと、迷惑メールに振り分けられたものがダウンロードされていく。そういえば、もうひと月近く、このボックスをチェックしたことがなかった。

romiromi72とかいう、携帯メールらしいアドレスから、件名のないものが一つ、おととといの日付で届いていた。これでは、迷惑メールのフォルダに入っていなかったとしても、必要のないものだと思ってしまうかもしれない。

ともあれ、沙希はそれを開いた。果たして、それは弘美《ひろみ》からのメールだった。

「ごぶさたしてます。元気？　わたしも今年の夏は東京に行こうかなと思っています。夫なしで。二人で温泉にでも行かない？

ところで、今日メールしたのは、別件。

あのね、バートが来てる。知ってるでしょ、テコンドーのやつで。いま、京都。

わかる、もう、いまさらだってことは、言った。

でも、なんか話を聞いてたら（聞いたの、連絡があって、河原町《かわらまち》の居酒屋で。前に沙希も行ったところ。覚えてる？）気の毒になってきてしまって。もちろん、この件の被害者は沙希ですよ、それはもちろん、わかってる。

せっかく日本に来たのに、挨拶もなしで帰りたくないって言うから、このメールアドレスを教えました。古いのはもう使ってないみたいだって言ってたから。これ、大学のでしょ。最近はこっちだよね？

バートからいきなりメール来たらびっくりすると思ったので、事前にお知らせしておきます。

会ってみたら？　もちろん、会いたくなければ仕方がないし、友だちだからって首をつっこむようなことじゃないとは思ってるんだけど。

本人から聞くべきことかもだけど、別れたみたいよ、例の女性とは。

いろいろ、わたしが知らせることではない気がするので、本人から聞いて。嫌じゃなかったら。どうせ、明後日《あさって》だかその次の日だかには、カリフォルニアに帰ってしまうんだし。わたしが知ってて、沙希が知らないっていうのも、変でしょう？

さてさて、バートの友人としての任務は果たしたから、次は沙希の友人として行動したい。もし、バートに直接じゃなく、わたしから何か知らせたほうがよければ（会う気はないとかね）伝書鳩としてお使いください。ポッポー。　弘美」

沙希は目を上げた。バートが所在なげに立っている。

ほら、メールが来てたでしょう、という顔をしたくても、いま、沙希を怒らせるのは得策ではないと思っているのだろう。

もう一度、迷惑メールボックスを入念にチェックしたが、バートからのメールは来ていなかった。

「ロミのメールはいま、読んだ。あなたからメールが来るはずだと書いてあったけど」

バートはくちびるを突き出して顔をちょっと横に向けた。

「読まないだろうと思った」

「で、書かなかったわけね」

「そう」

「でも、いま、ここにいる。そのほうがびっくりだけど。わたしの家はどうやってつきとめたわけ？」

「つきとめてない」

沙希は両手を腰にあててバートを直視した。

「じゃ、どうしてここに？」

「大学の住所を見つけた」

「研究室に来ようとした？」

ふうう、と、バートはため息をついた。

「もしかしたら会えるかもと。でも、あまりよく考えていなかった。今日はもう帰るんだ。東京は一日だけ。夜の飛行機で発つ。大学に行ったけど、セキュリティ・ガードは英語が通じないし、怒ってたみたい」

「いま、春休みだよ」

「そう、学生もあまりいなかった。それで、ホテルに戻ろうと思って駅に来たら、向こうから、きみが歩いてきた」

「それは、すごい、偶然だね」

丸秋足袋店でマーシーに会わなければ、沙希はあのまま家に帰っていたはずだから、駅前でバートと出会うことはなかった。

「でも、ぼくが日本に来ることは知ってたはずだ。忘れていたかもしれないけど」

そう言ってバートは、神経質そうに眼鏡に触った。

眼鏡をかけているときはエンジニアかなにかのように見えるけれど、バートはスポーツマンでジムのインストラクターで、そしてテコンドーの選手なのだった。

所属しているテコンドー・チームの国際交流試合かなにか、沙希がよく把握していないイベントが京都で開催されるということは、聞いていた。それはたしか、世界中が新型コロナウイルスの脅威にさらされる前のことで、当初予定していた日程は延期になったはずだ。

あのころは、まだ二人の間に例のことがらは立ち上がっていなくて、もちろんウイルスが蔓延するだろうなんてことも予想だにしていなくて、いっしょに京都に行って弘美たち夫婦に会って、そのあと奈良に行こうとか高野山《こうやさん》に行こうとか、無邪気に話したこともあったのを、沙希はにわかに思い出した。

失《な》くしてしまった未来。あるいは過去。うまくいかなかった夫婦。うまくいかなかった旅行の計画。未来。過去。現在とはかけ離れたなにか。

うながされるままに、沙希は駅前の小さなロータリーにある椅子なのかオブジェなのかよくわからない陶製の丸いものに腰かけた。斜め前に置かれた色違いの丸いものにバートは座り、太ももの上に肘を置いて長身を折った。背の高さが違う二人が話すときにバートがよくとるポーズだった。

ほとんどはテコンドーの話だった。

いったい何を話すのかと身構えていた沙希は、キョルギだチルギだカムチョンだという用語にまったく馴染みがなく、なにを言っているのか半分もわからなかった。

でも、だんだん落ち着きを取り戻してきたのもたしかだった。英語の中にまじるその韓国語と思われる言葉の響きが意外に耳に柔らかく、バートが訴えるように語るその内容が、言葉を理解するのとは別のレベルで耳に入ってきた。

テコンドーの本質は、攻撃ではなく自身との闘い、心をコントロールすることなのだ。対戦し、勝ち上がっていった選手たちは、そうした点でほかの選手より優れていた。攻撃による危険を躱《かわ》し、心身のバランスを保ち、均衡のとれた平和な世界を創出するのが、テコンドーというアートの在り方なのだ。

世界を席捲したあのウイルスが奪ったのは、真摯にテコンドーと向き合う時間でもあった。道場は閉鎖された。稽古はできなくなった。人間の持ちうる力を最大限に利用して、しかし目指すのは調和であって破壊ではない、それがテコンドーであるはずだったのだ。

トゥル、マッソギ、モントントラチャギ。

ヨップリギ、プムセ、イルリョ。

テグ、シッチン、オルグルトラチャギ。

沙希は目をしばたたいた。バートと暮らしていた日々を振り返っても、こんなにたくさんテコンドー用語を聞いたのは初めてだった。ひょっとして自分は、バートのいちばんだいじな何かを、結婚生活の中で見落としていたのだろうかという疑問が湧いた。

たしかにバートは理路整然と何かを話すタイプではなかった。いつもどこかズレたところで余計な話をしてからでないと、本質的な話に入っていかないようなところがあった。でも、もしかしたら、沙希が余計だと思っていた話は、ちっとも余計じゃなかったのかもしれない。それからバートの話題は別のことに移っていったが、あまりにその移動がスムーズだったために、どこまでがテコンドーの国際交流試合の話で、どこからがバートの観た映画の話なのか、沙希にはつかまえることができなかった。

そう、バートは映画の話をしていた。

でも、その話の中にもキョルギだかチルギだかカムチョンだかはするりと混じりこんだのであり、移民の女性が主人公の映画の話に移っていると気づくにはかなりの時間を要した。移民の女性はアジア人で、沙希に似ているとバートは言った。

移民の話はバートの心を動かしただろうと沙希は想像した。バートの父親はガボンからの留学生で、メキシコから移住してきた一家の娘であるバートの母親と結婚した。小さいころバートは、母親の両親のためにしょっちゅう通訳をした。

バートは早口になったり吃音《きつおん》ぎみになったりしたし、映画とテコンドーと幼少時代の記憶がミックスされたものを語っていた。だからますます、全体をきちんと把握するのは困難だったが、やがて沙希は理解した。会議で通訳をさせられているわけではないのだから、逐語的にわかる必要はないのだと。

最後にバートは言った。

映画を観たんだ。そして主人公の気の弱い夫が、せつせつと訴えるのを聞いたとき、ぼくはなにが間違っていたか、わかった。

ぼくはやさしくなかった。ぼくはきみにやさしくしなかった。そのことをあやまりに来た。そのことをあやまっていないことがずっと苦痛だった。悪かった。きみにぼくはやさしくなかった。

「わたしたちは、やさしくなかった」

沙希は、自分の口から、主語をおきかえたそんな言葉が飛び出したことに、少し驚いた。でも、言葉にしてみると腑《ふ》に落ちる感覚があった。

バートが眼鏡越しに沙希を見た。沙希は小刻みにうなずいた。

バートは横を向いて、しばらく口を引き結んで考え込んだ。

日が落ちて、肌寒さが増した。バートは我に返ったように立ち上がった。

「ホテルに戻って荷物をピックアップして、空港に行かなきゃ」

「今日なの？　今日の飛行機？」

「そう」

「羽田？　成田？」

「羽田」

「間に合う？」

「ホテルは空港の近く。だいじょうぶ。間に合う」

「じゃ、早く行って」

バートは体のせいか小さく見えるリュックを肩に担ぎ上げ、そして言った。

「きみの人生から出て行きたくない。もとに戻れないことはわかってる。でも」

「もとには戻れないけど、どっちにしても、あなたはわたしの人生の一部だよ」

バートはハッとして目を上げ、沙希の真意を探るように目を覗き込んだ。そして続けてなにか言いかけたが、これ以上はなにも言うべきではない、あるいは言う必要がないと判断したらしく、黙ったまま静かに頭を上下に揺らし、少しずつ後ろ向きに下がり、

「メールする」

と、言った。

「ほんとは知らせたいことがあったんだけど」

バートは口ごもった。

「いちばん重要なことが言えてよかった」

「知らせたいことって？」

「メールするよ。今日、話したことに比べれば、重要なことではないから」

バートは自分を納得させるように何度かうなずき、やがてくるりと方向を変えて、駅に吸い込まれていった。

ふふーん、ふふーん、ふふー、ふん。

ふふーん、ふふふふ、ふーん。

「早春賦」を鼻歌で奏でながら沙希は、この曲ってワルツ踊れそうだね、それに日本の曲にしては明るい、と、どうでもいいことを考えた。

しかし、怒濤《どとう》のように頭を巡っていたのは、「不実なパート」事件が発覚したあとの、ただただ消耗していくだけの不毛な口論のあれこれだった。

沙希が事実を指摘したあとのパートは、テコンドー選手にあるまじき攻撃性を発揮した。いちばんこたえたのは、最初に拒絶したのはきみだと責められたときだ。あれほどていねいに説明して、体の不調を訴えて、いっしょにカウンセリングにも通ったのに。それから、あんなことを言われて、こちらもあんなふうに言い返して、そして次にはこんなふうに言われて、だから、あのときのあのことを言って。だんだん、相手を傷つけるのが目的のような会話になってきて、限界だと思って家を出たんだった。

わたしたちはやさしくなかった。

沙希の脳裏にいくつもの、古傷を開きそうな言葉が蘇ってきた。別れてから何度も、そうした言葉たちによる二次被害が起こっていたのだが、なぜだか今日は、心に麻酔でもかけたみたいに、鈍い感触を残してそれらが遠ざかる。

そもそもぼくたちは結婚すべきではなかったんだ、という言葉が、飛んできたナイフのように鋭く胸を抉《えぐ》ったのを思い出しながら、それはおそらくそうだったんだろうと、いまになると思えてもくる。

そして、もう、その言葉があのときほど残酷な響きを持たないことに驚く。

結局、彼女と別れたかどうかについては聞かずじまいだったが、うまくいかなくても不思議はないような気がした。バートの靴を履いて、バートの眼鏡をかけて、反対側から事の次第を見てみれば、違う見方もできるのかもしれない。

あんがい、コロナというのは、呼吸器官に張りついて肺炎を引き起こすばかりではなく、どこか人の弱い部分や無意識の部分に入り込んでその本質を露呈させるような、奇妙なウイルスだったりするのだろうか。

沙希は夕方のあの光景を思い出しながら、すっかり氷が溶けてしまってオン・ザ・ロックではなく薄めの水割りと化したウイスキーを飲んだ。

バートはもう空港についただろう。

ふうーっと大きく息をついて、それから少し笑い、塩こんぶを一つ、つまんだ。


野菜を作ってみるか。

そう、思いついたのは、三月も終わり近くになってからのことで、なぜそう思ったのか理由は不明だが、うらはぐさの伯父の家になじんできたことと無縁ではないのだろう。

だいいち、野菜作りといえば師匠のような人が存在するのだし、庭は狭いけれど、南側の一角はほぼ一日中、よく日が当たる。

それに例の「しのびよる胡瓜」のことが、しばしば沙希の脳裏に蘇った。もちろん、それは「メロン」であったのだが、あんな、どこから飛んできたのかわからない種でも蔓を伸ばして実をつけるのだから、存外、食べられるものができるのではないだろうか。

師匠・秋葉原さんに相談すると、土づくりにはそれなりに時間がかかるが、プランター栽培ならすぐにもできるということで、彼はさっそく手持ちのプランターやら栽培用の土やら種やらを持ってやってきた。

「やはり胡瓜ですか」

秋葉原さんはそう勝手に決めて、胡瓜の種をつまみ上げてみせる。

「いちばん簡単なのはすぐ収穫できる二十日大根とか。場所をとらなくて育てやすく、すぐ食べられるのはリーフ類ですかね、サニーレタスとか。あるいは紫蘇《しそ》とか」

「紫蘇！」

沙希は口に水分が溜まってくるのを感じながら声を上げる。

「紫蘇ほしい。毎日、紫蘇、食べる。新鮮な紫蘇！」

語学学習の初心者のように単語をべたべた並べたてたのは、一種の興奮状態からだった。

沙希の頭の中に、紫蘇を載せた冷ややっこや、紫蘇で巻いて食べる魚や肉のイメージが浮かんだからだ。

「あと、茗荷《みょうが》！」

紫蘇ときたら茗荷でしょう、と、沙希は考えてにんまりした。日本での日々でしみじみおいしいと思うのは、ハーブ類かもしれない。自分で育てた紫蘇と茗荷をきざんで、茹で上げて冷水でしめたそうめんやひやむぎとともに、甘辛のつゆにつけてすすりこむのを想像して、沙希はごくりとつばを飲んだ。庭の山椒も新芽が出て、これがなにといっしょに食べてもうまいのだった。こうなるとたけのこも欲しい。

「茗荷？　茗荷だったら、どっかにあったな」

秋葉原さんは、意外なことを言う。

「あるって、どこに？」

「ここ。おたくの庭」

「え？　まさか！」

「あったよ。どっかに。こっちじゃなくて、北側だな。どっちかというとじめっとしたところに生えるからね」

そう言って秋葉原さんは玄関のほうに回り、

「このへん。あるはず。ほらほら、これ、この青いの」

と、言った。

「なに、これ。笹の葉っぱではないの？」

「笹ではない」

「なんで去年、教えてくれなかったんですか？」

「あなたが茗荷好きだって知らなかったし、もう収穫時期を過ぎてたんじゃないのかね？　われわれが知り合ったころ」

夏でしたよ、しのびよる胡瓜が膨らんでたんだから。

沙希はぶつぶつ言いながらも、行儀よくまっすぐ伸びた茗荷の茎と葉を目にすると、うっとり目を細めた。

「ほんとに、これ茗荷？」

「ほんと。だけど、ほったらかしだから、そんなに大きくないし、いくつ採れるかもわからないけどね。ひとりで食べるくらいは、採れるでしょう」

「やった！」

沙希は快哉《かいさい》を叫んだ。

秋葉原さんは笑いながら、プランターに土を入れた。

「先日ね、おもしろいことがあったんですよ」

作業をしながら秋葉原さんは続ける。

「おもしろいこと？」

「我が母校の校長先生が訪ねてきましてね」

「え？　母校とは？」

「あけび野第三小学校です」

「商店街に近いとこですよね」

「校長先生ったって、若いんだ。五十そこそこじゃないか？　まあ、子どもみたいな年齢ですよ、こっちからしたらね。だけどね、やっぱり校長先生になるような人は、どっか人とは違うね」

「足袋を買いに来た？」

「じゃないの。野菜の育て方を教えてほしいって、来たの」

ふうーと息をついて、秋葉原さんはちょっと言葉を切る。まんざらでもなかったという、心の余裕がうかがえる。

「校長先生が、個人的に？」

「いやいや。小学校の屋上で、子どもたちと野菜を育てたいんだって」

沙希は一瞬、内容を把握しかねて首を傾《かし》げた。

「小学校の、屋上？」

「そう。どこかでうちの屋上のことを聞きこんだらしい。どこかというか、うちの真弓さんが言いふらしているからなんだけども。それでわざわざ春休みに、うちまでやってきて、屋上まで上がって見て行ったんですよ」

「ほほう」

「コロナのせいもあって、子どもたちが自然に触れる機会が格段に失われた。コロナとは関係なくても、子どもたちは野菜なんてスーパーで売ってるきれいなのしか知らない。だけど、自分で作ったものなら、だいじにだいじに食べると言うんだね。野菜を育てるだけでもいい体験だし、それを収穫する、料理する、ふるまう、食べるって、子どもたちにとってはこの上ない勉強になるからって」

「それは、ほんとにすごいですね」

「それで、あけび野第三小学校で、『野菜の先生』をやらないかって」

「秋葉原さんが！」

「うん。学校支援ボランティアというものらしい」

「やるんでしょ？」

「できるかねえ」

「秋葉原さん以外の人にはできないでしょ」

秋葉原さんは、ちょっと照れた。

「わたしみたいに、学校をまともに出てない者でもやれますかね」

「小学校は出てるでしょ」

「まあ、そうだけど」

「それ、楽しそうだなあ」

「ね。楽しそうでしょう」

「あ、なんだ。秋葉原さん、やる気まんまんじゃないですか！」

「まんまんではない。もっと、こう、臆する気持ちもあるんだよ！」

沙希は、にやにやしながら、この元気な老人を見た。

老人は、せっせと手を動かし始めた。

後日、沙希は秋葉原さんの店で、あけび野第三小学校の校長先生と遭遇した。秋葉原さんが忘れて行ったジャンパーを届けに寄った際に、店先に腰かけて話し込んでいた人物を紹介された。

愛想のいい校長先生を、沙希はどこかで見かけているような気がしたが、その日はとくに思い出すこともなく、挨拶だけして別れた。

それから間もなく、ひとりで飲みに出かけた「布袋」で、沙希は校長先生と再会した。そのとき気がついたのは、二人が「布袋」で何度かすれ違っていることだった。

「ああ、沙希さん」

と、校長先生は手を振った。秋葉原さんが「沙希ちゃん」と紹介したので、名前しか知らないのだった。

「ここ、よく来られてますよね」

「そういえば、お目にかかってますね、ここで」

「秋葉原さんちが初めてではなかったんですね」

「どっかでお見かけしていたような気はしていたんですが」

二人が知り合いなのに気づいて、校長先生の隣の席にいた若い男性が一つずれてくれたので、沙希は隣に座った。それで、二人は飲みながら世間話を始めた。

あけび野第三小学校の校長先生は、車谷武蔵《くるまたにたけぞう》先生といって、生まれも育ちもうらはぐさ、お父さんは牧場主だったそうである。

とはいっても、武蔵校長が生まれる前に、宅地化の影響で牧場は閉鎖、お父さんは土地を売って一般企業に転職していた。だから、サラリーマンの家の子どもとして育って、牧場のことは写真でしか知らないという。

小学校の先生一筋なので、各教科すべて教えるが専門は理科だし、球根を育てて花を咲かせるとか、教室の隅に蟻《あり》の巣が見られる観察用のプラスチックケースを置くとかというような、子どもの体験学習は以前から積極的にやっていて、農作業を子どもたちといっしょにやるのは、長年の夢だったというのだ。

「前例はあるんです。都内の小学校の屋上で野菜を育てている例が。視察にも行って、勉強させてもらいました。でも、ここ、あけび野商店街の屋上を菜園にしている人がいるなら、その人の知恵を借りたいなと思ったんですよ」

武蔵校長はにこにこしながら言う。基本、にこにこした人だなと、沙希は思う。

「ぼくらのところが成功したら、市内の小学校全部に屋上菜園を広げるっていう夢もあるんですよ。給食に屋上で採れた野菜を使うとか」

「それ、いい。夏に自分で収穫した野菜のラタトゥイユなんかが給食で出たら、うれしくて卒倒しそう」

「そうでしょう？　給食って、いいもんですよね」

「自分の思い出としては、そんなに好きじゃなかったけど」

「それは残念だなあ。ぼくは好きだった。揚げパンにきなこと砂糖まぶしたやつとか」

「そうね。それは、わりかし好きだった」

愉快そうに武蔵先生は声を立てて笑って、愛想のいい笑顔のまま続けた。

「給食しかね、食べられない子もいるじゃないですか」

運ばれてきた焼き鳥の串を頬張ろうとして、ちょっと沙希は手を止める。

「給食費が滞る子もいて、その場合はまあ、なんとか工夫して、とにかく給食は食べさせる。その一食しかまともなものを食べられない子もいるから。だけど、一食、栄養バランスもとれた、体をしっかり作る食事をたっぷり食べさせられれば、あとがスナック菓子やカップラーメンでもなんとかなる。そう思ってるんです。だから、給食、だいじで」

「うん、そりゃ、めちゃくちゃだいじですね」

「あるいは、収穫したものを子どもたちが持ち帰れば、少しは家計の助けにもなる」

「屋上菜園で、どれくらいの野菜ができるんですか？」

「前例の小学校では、夏野菜を一日一〇〇キロ収穫したって言ってた」

「一〇〇キロ！」

「その小学校は、地域の人に販売してましたね。そういうのも楽しいだろうね。子どもたちは張り切って売るだろうな」

「市内の小学校が全部、屋上菜園作ったら、それこそすごい量の野菜が採れて、市民の食卓をかなりまかなえそうですね！」

うちの紫蘇や茗荷どころの話じゃないわ、と、沙希はこっそり考えた。

「ぼくらの市の学校給食、自校方式なんですよ」

「ジコーホーシキ？　自民党と公明党？」

「それは関係なくて、自分の学校で作ってるってことです」

「調理室があるんだ？」

「そう。各校に。ぼくなんかが小学校に通ってたころから、ずっとそうなんです」

「先生は、あけび野第三小学校卒？」

「じつは、そう。卒業生なの、ぼく」

「秋葉原さんの後輩ってことになるね」

「ほんと?」

「そうよ。聞いてない?」

「聞いてなかった。すごいな、それ。最初の『野菜の教室』の日に、子どもたちに言おう」

「そんで、自校方式がどうしたの?」

「これがセンター方式だと、自分たちで作った野菜で給食作るの、ちょっとめんどくさいでしょう?」

「センター方式?」

「給食センターで作ったものを、配送してもらう形式のやつ」

「そういえばそうだね」

「ぼくが小学校に上がるより前だけど、自校にするかセンターにするか、揉めたころがあったんだって。それでね、当時のお母さん、お父さんたちが、自校方式を守った」

「住民運動みたいなやつ?」

「そう。ところで、女の人に聞くのはアレだけど、沙希さん、干支《えと》はなに?」

「干支? 戌《いぬ》」

「いぬ? いっしょ」

武蔵校長が右手を出したので、沙希は串を置いてその手を握った。乾いた、温かい手が人柄を思わせた。そしてどうやら、タメ口でいいと決めたようだった。

「で、そう、センター方式より自校方式のほうが、子どもに安全安心なものを食べさせてやれるっていって、当時の保護者が自校調理を守ったわけ」

「いい話だね」

「でしょ。慧眼《けいがん》だと思うね。学校っていうのは、子どもたちのものだってだけじゃなくて、地域住民の財産だから。地震みたいな災害があったときの、避難場所に指定されてるでしょう？」

「体育館が避難所になってる映像、見たことある」

「ブルーシート敷いてね。プライバシーのない、あの避難所もどうかなとは思うけど、そこはおいとくとして、地域住民が避難してくる場所ではある。そんなときでも、調理室があり、野菜と備蓄のコメがあれば、カレーかけんちん汁くらいは出せる」

「いいね、それ」

沙希はコリコリしたハツを噛み、生ビールを流し込んでから、あることを思いついて、ちょっと眉根を寄せた。

「でもさ、そういう場合に必要なのは、電力だったりしない？　むしろ学校の屋上はソーラー発電にしたほうがいいってことはないの？」

武蔵校長は人差し指を立てて、ピピピッと左右に動かした。

「やってる」

「やってるの？」

「ぼくが赴任するより前に導入したもので、体育館の屋根に太陽光パネルがついてるんだよね。だいたい一日に使用する電力の半分はその発電で間に合ってて、こんど蓄電池をつけることになったから、災害時の予備電源としても頼りがいがあると思う」

「なんだかすごいね、最近の小学校は。わたしのころとは違うわ」

「まあねえ、多少は進化していってほしいもんだよ。進化かどうかは別として、人も土地も、変化ってものには抗えない」

そうだよねえ、と、しみじみ沙希は相槌を打った。

あけび野商店街が道路拡張計画のある再開発地域になっていることについては、秋葉原さんはあれからなにも言わない。刺し子姫も、なにも言ってくれない。

そもそも、計画は沙希が引っ越してくる前からずっとあったのだし、具体的に動き出したのも、沙希が舞い戻るより二年以上前のことだ。

だいいち、沙希はここに来て一年にも満たないのだし、駅や商店街をちょっと利用するだけの存在で、商店主でもない自分があれこれ考えて口を出すようなことでもないだろう、と思ってしまう。秋葉原さんが、もう年齢的にあそこで暮らすのは難しいと考えているなら、店を手放すのも仕方がないことかもしれない――。そう考えて、沙希は唐突に声を上げた。

「あ！」

「なに？　どうした？」

「小学校にエレベーター、ある？」

「あることは、ある。一台。来客や脚の不自由な子用に、あとは、重い備品を運ぶときに使う。子どもらには許可なしには使わせないけど。なんで？」

「秋葉原さん、けっこうお年なので」

「あの人は元気だよ。だいじょうぶだよ。あ、でも、重い土を運んだりするのを秋葉原さんにやってもらうわけではないし、エレベーターは使う。秋葉原さんはお客様の特別講師だから、最優先でエレベーターに案内する。そこは安心して」

ふう。

沙希はため息をつき、秋葉原さんが近い将来店を畳むかもしれないことを考えながら、つい、うっかり、

「あけび野商店街も変わるよねえ」

と、口に出した。

「ああ、うん。そうだねえ」

武蔵校長は少し考えるように、

「変わってほしくない？」

と、聞いてきた。

「わっかんない」

沙希は口ごもる。

「わたしね、そこの女子大の学生だったの。三十年以上前になっちゃうけど。だから、懐かしいのね、このあたりは。それで去年から母校で教えてるでしょ。いろんなもんが変わっちゃって、東京は様変わりして、わたしは浦島花子さん。だけど、ここに来て、『布袋』が昔と同じなのを見て商店街を歩いて、わーってなった。ありがとう、そのまんまでいてくれてって、思ったのよ。だけど、あ、こんなこと、ここで」

話してて、いいのかな。

考えてみたら、この店は、あけび野商店街の象徴のような店だし、来て飲んでいるのも、地元の人が多いだろうと思うと、どこまで話題にしていいものなのかわからず、沙希は口を別のものでふさぐためにグラスを取り上げた。

「だいじょうぶだよ。ここらの人間は、さんざん、そのことは考えてきたから」

武蔵校長は手酌で日本酒をぐいのみに注いだ。

「ここの三代目は、小中の同級生なんだ」

「え？　三代目？」

「あっちの隅で焼いてる人」

「あんまり先代には似てないね」

「まったく正反対みたいな体型だね。お母さん似なんだよ」

「あの方が店主って知らなかった。先代のイメージが強すぎて」

「初代、先代と、ほんとに布袋さんの雰囲気だったから」

「そうそう」

「『布袋』も建て替えは決めてる」

「そうかー」

「まあ、老朽化には抗えないから。ただ、この商店街の雰囲気を守りたいという気持ちは、田中《たなか》くんがいちばん強いから」

「田中くん？」

「三代目」

「ふつうの名前だね」

「布袋が名字だと思ってた？」

「それはないけど」

「ずいぶん前から、いろんなことがあってね。このぼろっとした、ノスタルジーをかきたてる商店街を失いたくないっていう人もいれば、こんなふうに軒がひしめいてては、防災上危険っていう人もいる。安い店賃《たなちん》で小さな店を出したばかりなのにっていう人もいるでしょう。

歩行者にやさしいとひとことで言っても、高齢者にやさしいのか、ベビーカーのファミリーにやさしいのか、障がいを持つ人にやさしいのか。自転車にやさしくなきゃいけないっていう人もいるし、いざというときのために大きな車がスムーズに通れるようにしなきゃだめだっていう人もいる」

「それぞれに、理由はあるのね」

「だけど、ひとつひとつ、考えていけるんじゃないかと思ってる。たとえば、消火のためにはどうしても大きな車が駆けつけないといけないだろうか、とか」

「ほかに方法があるの？」

「私鉄が地下化されると、駅舎や線路があったところにスペースができる。そこに防災設備を集中させて、いざってときに使えるようにするとか」

「そういうことが、できるんだ？」

「理論上は。ただ、土地の権利がどこにあるとか、いろんな問題があるから、言うほど簡単ではないけど、ぼくらの街だからさ」

困難なことに挑戦しているように思われるのだが、武蔵校長はどこか楽し気な顔を崩さないまま話し続けた。

沙希は注がれるままに日本酒を口にし、武蔵校長の語る未来に耳を傾けた。

だんだん、頭の中がフワフワしてきたので、相槌を打つだけになり、語られる内容もしっかり理解できているような気がしなくなってきたが、小学校の屋上のことを語るのと同じような勢いの良さで新しい街の行方について語る校長先生のお話は耳に心地よかった。

バートからメールが来たのは、二人が東京で会ってから一週間ほどしてからのことだった。あの日話したことにくらべれば「重要ではない」とバートが言っていた内容のメールが届いたわけだ。それを開いてみることに躊躇はもはやなかったが、内容にはびっくりした。テコンドー用語を駆使して語られたこととはまったく無関係の、「ボストンの甥《おい》」についての情報だった。タイトルは「テンバガー」だった。

テンバガーってなに？

読みながら、沙希はぽかんと口を開けた。

ボストンの甥とは、文字通り、ボストンに住むバートの甥のスティーブンのことだった。スティーブンは東部の名門大学在学中に、友人三人で起業した。ちょうど、沙希とバートが結婚したころのことだった。サンクスギビングデーの集まりで会ったことがあるくらいで、スティーブンのことはよく知らなかったが、バートを通して株を買ってくれと頼まれた。

「そのうち、爆上がりするから、買っておいて」

そう言われたと、バートは言った。

爆上がり。

テンバガーとは、もとは野球用語で、一試合に十塁打分のヒットを放つような大活躍のことを言うのだと、沙希はネットで調べた。それが転じて、株式の世界では、価値が十倍に跳ね上がった株、もしくは跳ね上がることが必至の株をそう呼ぶのだそうだ。

「スティーブンの株はテンバガーだ。新興ＩＴ大手に買収されて、一気に上昇した。正直、テンどころじゃない勢いだ。少なくとも年内は、下がる気配はない。こんなこと、自分の人生に起こると思ったことはなかった。持つべきものは頭のいい甥だ。東京で話すつもりだったけど、チャンスがなかった。スティーブンは大金持ちになり、そのおかげでぼくらはちょっとした小金持ちだ」

読んですぐには、なんのことかわからなかったが、検索をかけると、たしかにスティーブンの会社の株にはとんでもない高値がついていた。「テンバガー株」で検索しても、スティーブンの会社の名前がヒットした。眼鏡をかけたスティーブンと友人の写真が出ている記事も見つかった。

結婚の記念にバートとふたりで同額ずつ出し合って株を買った。「爆上がり」したら、郊外に家を買おうと話した。離婚の際もきっちり半分ずつ分けて、そのときも上がっていることを確認したけれども、「テンバガー」などではなかったはずだ。

「サキにとって、ぼくらの結婚が、悪いことばかりではなかったと思えるならうれしい」

メールの最後に、そう書いてあった。

九　うらはぐさの花言葉は

新学期が始まると、マーシーは沙希のではなく、くるりんの日本近現代史のプレゼミに入った。しかし、それはもちろん予想のついたことで、ウラハグサシティの歴史についてあんなに熱心に語っていた彼女が、歴史を専攻するのは必然だったともいえる。これに関しては、とてもややこしい、明後日の方向へねじれ飛んでいくような敬語が使われたメールが事前にマーシーから届いた。マーシーは、沙希ががっかりすることを心配したらしい。

そりゃ、マーシー、自分のやりたいことをするのが大学ってものなんだから、誰に遠慮することもない、来栖先生についていきなさいと返事をすると、

「歴史方面をやらさせていただく方向で、がんばらせていただきます」

というのが返ってきた。

沙希はぼーっと虚空を見つめ、これからはマーシーのとんでも敬語を直すのは、くるりんの仕事になるのかもしれないな、と思った。じっさい、沙希はいままでその役割を、きちんと担っていたとは言い難かったのだが、いつかきちんと指導せねばならんのだろうか、とは

何度も思ったので、くるりんに責任転嫁できるのは少しうれしくもある。

沙希の「国際コミュニケーション実践」ゼミも、定員二十人がきれいに埋まった。「国際コミュニケーション」という言葉の響きがいいんですよと、学部長がホクホク顔で言った。そうなのだろうか。

喜ばしいのは、くるりんが専任になったことである。

ずっと非常勤講師をしていたくるりんだったが、日本近代史の専門家だった先生がひとり定年になって、そのあとに入る形で採用になった。それを機に、くるりんとさるちゃんは長年の課題だった同居を決めて、うらはぐさエリアに引っ越してきた。繁忙期を避けたらゴールデンウィーク明けになったとのことで、二人がやってきたのは五月の二週目の週末だった。

沙希は、日曜日に、荷物の整理を手伝いに出かけた。

あけび野駅の、商店街とは反対側にあるマンションは、道路に面する場所に欅《けやき》の木が植えられて目隠しされていて、ちょっと鬱蒼《うっそう》とした森の奥にあるような、風情のある建物だった。

引っ越し荷物は前日に届いていて、午前中に沙希が動きやすい恰好で出かけていくと、すでに二人はかいがいしく働いている最中だった。

沙希は台所に積まれた段ボール箱の開封を任された。いったいどうするとこんなに几帳《きちょう》面《めん》になれるのだか、すべてにいい加減な沙希にはさっぱりわからなかったが、台所の壁には食器棚等の収納スペースにアルファベットが書いてある図が貼られており、そのアルファベットは正確に段ボール箱と対応していた。

ようするにその図の通り、Ａの位置にはＡの段ボール箱を開けて中身を出して入れればよいようになっているので、箱開け作業は非常にスムーズかつ機械的に運ぶのだった。

「引っ越し慣れしてるから」

と、さるちゃんは笑う。ということは、これは、さるちゃんの仕業なのだ。

「ぼくのものは本だけ。あとはだいたい、さるちゃんの」

新しくした食卓と椅子、それにソファもまだ届かないというので、リビングのローテーブルで昼食のサンドイッチを広げたくるりんは言う。

「新居のレイアウトとかインテリアとか、この人はぜんぜん考えないんだもの」

さるちゃんは、床にぺたりと腰を下ろし、隣に座ったくるりんをちょっと小突いた。

「くるりんの就職が確実になったのは大きかったんだけど、去年、市の条例が議会を通ったことも大きかったんだ」

「そうそう。パートナーシップ条例がね。これはとても実用的でよかったよね。証明書を見せると、不動産屋さんも協力的だったから」

そんな話をしながらベランダを見ると、手すりにシジュウカラがとまるのが見えた。

「さすが、都心とは違うね、環境が」

「そうだね、鳩以外の鳥がベランダに来るとはね」

さるちゃんは、もといた部屋にまだ事務所機能が残っていて、そこまで通勤することになるのだそうだ。

「沙希さんは、どうするの？」

少し、おずおずといった面持ちで、くるりんがコーヒーのマグカップを手にしながら聞いてくる。

「どうって、なにを？」

「特任の任期は二年でしょう。その後はどうするの？」

「そうね。ただ、まあ、あと一年半あるから。ほら、後期からだったからね、わたし」

そう言って、おおぶりのサンドイッチを頬張ったものの、そこはもっとよく考えなければならないポイントだと、自分でも思ったのではあった。

「そうか。沙希さん、たしかに後期からでしたよね。再任というか、任期延長は、ありか」

ひとりごとのように、くるりんは言う。

「わかんないよ、まだ、そんな話は聞いてないし。今年度、プレゼミ始まったばかりだし。大学だって、どんな様子かわかってからじゃないと、そういう話は出ないんじゃない？」

「まあ、そのうち、話はあると思いますけど、考えておいたほうが」

「なんだよ、くるりん。自分が就職決まったからって、ちょっと先輩面しすぎ。なんかちょっと嫌みな感じ」

さるちゃんが横から口をはさんだ。

「そ、そういうわけじゃないよ、ただ、ぼくは」

さるちゃんは、なーんかちょっと、なーんか、なんか、と繰り返し、くるりんは少し赤くなり、二人の痴話げんかみたいになって、その場は紛れていった。そして、昼食の後もみんなでもくもくと箱開け作業を続け、さるちゃんと違ってそれほどシステマチックではない、くるりんの本棚の、

「すみません、後で直すので適当にぶっこんでください」

というおおざっぱな指示の下での棚入れにも沙希は参入した。

たしかに、専門の歴史関係の本はさすがに扱う年代だとかテーマだとかを考えながら本人が仕分けているようだったが、その他の本に関しては、くるりんは無頓着だった。

ただ、ぶっこむ、というのもどうかと思い、くるりんに確認して文庫棚は著者あいうえお順に並べようと沙希は考えた。考えたはいいが、それはかなり時間のかかることであり、その日じゅうには片がつかないことが判明した。

遅めの夕食は宅配ピザをとり、また三人でリビングの床に座って食べた。

「文庫は整理しに来るから、手をつけないでおいて」

沙希は申し訳なく思って、くるりんに何度も頼んだ。くるりんは、ありがたいですとか、

やっぱり引っ越したからには整理された本棚でないととか、沙希を気遣った。

手伝った報酬に余ったコーラの五〇〇ミリリットルボトルをもらって、ラッパ飲みしながら帰る道々、沙希はおのずと考えることになった。

女子大での仕事は、バートとの仲がこじれ、冷え切ったあと、棚からぼたもちというか、渡りに船というか、偶然に差し伸べられた助け舟に乗ったようなもので、それで日本に戻ることになったのだ。

久しぶりの日本は楽しかったし、驚きもあったし、さまざまな出会いもあったけれど、たしかに今後どうしていくのかを、沙希はそろそろ考えなければならないはずだった。

家に帰りついて玄関の灯りをつけ、ふと足元を見ると、昨年は胡瓜がしのびよってきていたあたりに、今年もまたなんだかわからない植物が芽を出していた。胡瓜でもメロンでもないようだったが、とつぜん、愛おしいような気持ちが芽生えて、沙希はしゃがみこんだ。そのとき、ツツツー、ツツツーという電子音とともに、ポケットの中のスマホが揺れた。

取り出すと、「ひろみっちゃん」というひらがなの文字が見えた。

「沙希ちゃん、じいちゃんが今朝、亡くなった」

「えっ？」

沙希は息を呑み込み、その場にへたるように座り込んだ。

「まあ、覚悟はしてたから」

と、従兄の博満は言った。

深夜、介護職員が見回った際には、異変は見られなかったが、朝方、起床介助を行おうとして様子がおかしいことに気づき、救急車が呼ばれた。

「心筋梗塞だって。睡眠時無呼吸が誘発した可能性があると言われた」

伯父は以前から、ガガガ！　ゴゴゴ！　という、ものすごいいびきを豪快にかく人であったらしい。ひとり暮らしをしていたときは、誰はばかることなくゴーゴーやっていて、本人もそれに気づくことすらなかった。ところが、施設に入居してから、夜間の見回りをしていた職員がそのすさまじいいびきに気づき、また、隣室からも苦情が出る、というほどのものだったので、伯父はいやいやながら呼吸器内科の診察を受けることになった。

睡眠時無呼吸症候群という診断が下り、伯父はCPAP《シーパップ》という治療器具を装着して寝ることを推奨された。ところがこのCPAPというのは、ちょっとガスマスクみたいな見た目でものものしく、認知症の伯父にはなぜそんなもので鼻と口を覆わなければならないのか、まったく理解不能のしろものであった。

伯父は毎晩、装着を全力で拒否し、介護職員を口汚くののしり、腕力に訴え、最後には高価な機械をぶんなげて壊すという暴挙に及んだ。

それで、病院も施設も博満も困り果て、結局、その治療をあきらめざるを得なかった。夜間の見回りのときに、枕の位置や姿勢をチェックして、可能な限りいびきをかきにくくするしか方法はないと三者が納得したので、伯父はいぜんのようにガーゴーいびきをかき、ときにひゅっと呼吸を止めることを繰り返す夜を取り戻したのだという。

「高血圧もあったし、中性脂肪も多いし、心臓の薬も飲んでた。でも、そんなの老人ならあたりまえでしょう。年齢が年齢だから、いつ来てもとは思ってたんだ。ただ、心筋梗塞はけっこう苦しいって聞いて」

電話の向こうで博満が声を詰まらせた。

「もっと早く気づけなかったことを施設の人に詫《わ》びられて。でも、ベッドから落ちたりしてたわけじゃないし、苦しんで暴れたような形跡はなかったらしいんだ。高齢者の二割くらいは、痛みを感じないという話もあるらしい。無酸素状態が続いて朦朧《もうろう》として、そのまま無我の境地に至ったとかだといいなと思ってるんだけど」

博満の家族が病院に駆け付けたときは昏睡状態で、間もなく息を引き取った。

「でも、じゃあ、最期は」

「うん。いちおう、生きてるうちには会えた。手をさすったり、足をさすったり、耳元でなんか言ったりさ、でも」

と、博満は言葉を呑み込んだ。そして、気持ちを切り替えるようにして、葬儀の手配のあれこれについて話した。

「すぐ知らせようと思ったんだけど、けっこうバタついて」

通夜が二日後、告別式が三日後だと告げられた。

よろよろと家に入って、沙希は茶の間に座り込んだ。

伯父の存在は、かつてよりもずっと近く感じられていた。

この家に住むようになって、伯父の好きだった庭木を毎日見る。伯父の庭に鳥が訪れ、伯父の使っていた皿や茶碗が、使うたびに音を立てる。

なにかとくべつに、かわいがられたとか、話が合ったとか、そういう思い出があるわけではないのに、伯父は沙希の中で存在感を増していた。

コロナで仕方がなかったとはいえ、ほんとうは伯父に会いに行くべきだったのだ。それでも、たとえオンラインでのことであっても、伯父の顔を見て、声を聴けたことは、せめてもの慰めにはなった。あのときの伯父の表情や声はたいへん示唆的で、認知症でこちらの言うことがなにもわかっていない人物とはとても思えなかった。

というか、「認知症の人はこちらの言うことがなにもわかっていない」と思うことのほうが、どちらかといえば間違った認知なのかもしれない。

伯父のことを考えていると、十年前の母の死去のときのことや、それよりさらに数年前の父の葬式のことなどが、ふつふつとよみがえってくる。

もうずいぶん前に住んでいた家のあれこれも。

沙希自身は集合住宅育ちで、家に格別の思い入れはなかったが、それでも子どものころに遊んだ公園や、季節には立ち寄った桜の名所や夏祭りの神社や、毎日通学に利用した駅など、思い出す場所はいくつもある。

うらはぐさはそんな中でも、学生時代の思い出に結びついているし、伯父の家とも結びついている。そしてこの数ヶ月を生きた場所であり、沙希にとっては、おおげさにいえば日本の原風景のようなものになりつつあった。

沙希は立ち上がって、二階にそろそろと上がっていった。伯父の荷物でいっぱいの、元博満の部屋のドアを開けると、手前にはさまざまな酒瓶が並んでいる。

「伯父の酒蔵」と呼び始めてから、あちこち探すのは手間なので、ある日一気に隅から隅まで酒を探して、いちばん手前に集合させ、いつでも手をつけられるようにしたのだったが、これまでここを「酒蔵」扱いして、伯父の遺した物にほとんど注意を払わなかったことには、少し申し訳なさを感じもしたのだった。

目につくのは段ボール箱に入った碁盤と碁石。それからソ連土産のマトリョーシカ。

伯父は電力会社に勤めて技師をしていたが、八〇年代だったかにソ連時代のモスクワに仕事で行くことになった。ハワイも香港も行ったことのなかった伯父の初めての海外渡航先がソ連だったのはどうしてなのか。ともあれ、技術提携的なものがあって、会社から派遣された伯父は、言葉もわからないし、なんにもわからないながらに、見事に仕事はこなし、感謝され、大きなマトリョーシカを贈られて帰国したのだった。

マトリョーシカはかなり長い間、この家の玄関に飾られて異様な雰囲気を醸し出していた。ほかは和の空間なので、不似合いでしかも大きい。

沙希が学生で、この家にときどき遊びに来ていたころは、たしかにこの子がいつも玄関にいた。そして、この玄関に真っ赤なマトリョーシカはちょっと不似合いだと言った沙希に、珍しく伯父が反論し、

「いいんだ、沙希ちゃん。マトリョーシカの先祖は日本生まれなんだから」

と言ったのだった。

え？　マトリョーシカ、日本生まれ？

唐突によみがえった記憶に、沙希自身がびっくりした。

送別会でマトリョーシカを抱かされた伯父は、友好的でにこやかでものすごく背の高いソ連の人から、なにやらぺらぺらと説明を受けた。送別会には日本人通訳が同行していて、その通訳の人が言うには、昔、ロシア人が日本から持ち帰った人形があり、小さい人形が入れ子になった形がおもしろいと評判になって、マトリョーシカが生まれたとかなんとか。

まさか、あれ、嘘だよね？

沙希はその場でぺたりと床に座り込み、スマホで「マトリョーシカ　日本生まれ」と検索をかけた。

「あ！」

沙希は思わず声を上げた。

「マトリョーシカのルーツは箱根の七福神人形」

というページがヒットしたからだ。

七福神人形？

なんでも十九世紀末、ロシア人宣教師が日本から七福神人形を持ち帰った。それは「頭の禿げた温厚そうなおじいさん」の人形で、腹を割ると次から次へと六つの人形が飛び出した。それが箱根の七福神人形だったという。

この入れ子形式をおもしろがったロシア人の芸術家が最初のマトリョーシカを作り、パリ万博に出品し、好評を博したのが始まりだったとか。

なんということだろう。三十年以上経ってから知る、伯父の言葉の真実。ちなみに「頭の禿げた温厚そうなおじいさん」とは、福禄寿《ふくろくじゅ》のことか。

このガラクタめいた段ボール箱の山の中に、いくつの真実が埋もれていることだろうと、沙希はとつぜんこの段ボール箱が愛おしくなる。

あまりなにも考えずに、近くにあった段ボール箱を開くと、アルバムが数冊入っているのを見つけた。めくってみると、ほとんど写真が綴じられていないものもあったし、まったく知らないおじさんたちが写っている、伯父の会社関係のものもあった。期待したソ連時代の写真などはなかったが、一冊、沙希を惹きつけたものがあった。

それは、この家が建っていくときの、工事現場の写真だった。

それから、おそらくここに住むことを決めたとき、あるいは引っ越してきてすぐに、伯父が伯母と一緒に近隣を歩いて撮影したスナップが貼り付けられているものだ。

少し赤みがかって色の抜けた写真の中で、まだまだ若い伯母が笑う。

当時まだ、四十代に入るか入らないかのころだっただろう。沙希の記憶の中ではじゅうぶん「おばちゃん」だったのに、こうして焼き付けられた姿を見ると、なんと若くて美しいのだろう。

そして別の写真の中には、建ったばかりの真新しい家があり、植えられたばかりの背の低い細い柿の木があり、自慢そうに、しかし少し照れくさそうに笑って表札の前に立って息子の肩を抱く派手なピタピタシャツの伯父がいて、その傍らで棒のように無表情にカメラを見つめる中学生の博満がいるのだった。

続けて沙希が息を呑んだのは、あけび野商店街の写真だった。

これもブドウ酒でもこぼしたように赤紫がかった色に変わってはいたが、商店街の入り口で煙を立てる「布袋」、串を扱う先代の若きころが写っている。伯父が友だちといっしょに店に入って写真を撮ったのだろうか、中年男性がカメラに笑いかけているものも一枚あって、そこには「布袋」のカウンターを囲むように、まだ日の光のあるうちから飲み始めた客たちが写っていた。

そう、まだ、女性客を断っていた時代のものなんだろう。そこには男しかいないが、手ぬぐいを首にかけた職人風の男や、黒縁眼鏡のサラリーマン風、いかにも七〇年代ふうの自由業風な長い髪の男もいて、店はいまと変わらずにぎわっていた。

商店街を進むと、いまは改装準備中の老舗のフレンチレストランが、まだぴかぴかの開店直後の状態でそこにあり、何度も名前を変えた銀行の支店があって、しぶとく生き残っている諏訪書店があって、そういえばあそこ、カメラ屋さんがあったじゃないのとか、ああ、ジャズバー、当時はジャズ喫茶といったのか、看板が見える、お、おおお、あったじゃないの、丸秋足袋店！

沙希はそのアルバムをつかみ、「酒蔵」から一本の赤ワインをつかんで、部屋の電気を消し、ドアを閉めて、階段を下りた。


式場は、名古屋の博満の家から車で二十分ほど行ったところにあるメモリアルホールの、いちばん小さな部屋だった。手伝いが必要かと、沙希は少し早めに行ったがその必要はなさそうだったので、ゆっくりと伯父とお別れの対面をした。

伯父の比較的ふっくらとした顔は、水分が抜けてやや変わってしまっていたが、それでもきれいに化粧をしてもらって、おだやかな表情を浮かべていた。

通夜と葬儀は思ったよりずっとこぢんまりしたものだった。

やはりまだコロナ禍の最中であるという認識で、うちうちの者しか呼ばれていなかったのだ。家族葬なので他には知らせないでくれと念を押されたので、沙希も秋葉原さんに伯父の死を伝えなかった。

博満とその妻の頼子《よりこ》さん、二人の子どもたち、頼子さんの親戚を代表してその姉の節子《せつこ》さん、伯父の妹さんとそのお連れ合い、伯父のお兄さんの息子たちだという、博満の父方の従兄弟《いとこ》にあたる中年男性が三人来ていた。

伯父の写真というのが、どうしてだか見る者にくすっと笑いを浮かべさせてしまうようなユーモラスなものになっていた。あえてたとえるなら、太ったヨーダがアルカイックスマイルを浮かべているようなたたずまい。

遺影を選ぼうという段になって、いくつか候補になった写真があったが、

「この写真なら、泣きたくなったときにふと見ると涙をこらえることができるから」

という、博満の積極的な推薦があって、こちらの一枚になったのだと、博満の娘の愛花《あいか》ちゃんが教えてくれた。

「おとうさん、なに言ってんだろと思ったんですけど、ちょっとやばい、泣きそうと思ったときに、このおじいちゃん見たら、やっぱ、泣けないわーという感じになりました」

と、愛花ちゃんは言い、

「ぼくも、わー、来るかなーって瞬間があったんですけど、おとうさんの言ってたこと思い出して、ハッて、おじいちゃん見たら、あ、笑える、笑えるわ、って」

と、弟の睦人《むつと》くんも大きくうなずいた。

「お通夜やお葬式では泣いてほしくないって、おじいちゃんが遺言かなんかしてたの？」

「そういうわけじゃないと思う。どっちかっていうと、おとうさんの決めたことかな。我が家の方針みたいな」

愛花ちゃんと睦人くんは、ねーっと顔を見合わせてうなずいていたが、とうの「おとうさん」であるところの博満は、通夜の挨拶でも告別式の挨拶でも号泣した。

沙希はそのたびに、遺影を盗み見たが、伯父は太ったヨーダのような面持ちで静かに、

「死は人生の一部だ――Death is a natural part of life.」

と、告げているようであった。

伯父の喉仏は美しく、きれいな丸い形や仏様に似た突起が残っていて、焼き場の人も稀《まれ》にみるほどだとほめていた。

火葬が終わり、骨あげが終わり、すべての儀式が終了して、それぞれが帰路につく段になって、泣きはらした目をした博満にもう一度お悔やみを言うと、博満はひどくまじめな表情になり、周囲をはばかるようにして沙希をメモリアルホールのホワイエの隅に誘った。

「ん？」

博満の予想外の行動に沙希は驚いて身構える。

「沙希ちゃん、こんなときに言うのはなんだが、いま言わないと電話になってしまう」

電話で話したくはない内容なのだな、と沙希は理解した。

「初七日が過ぎたら、とりあえず大急ぎで東京に行き、じいちゃんの財産関係を把握しなければならない」

「そ、そうね」

「施設に入るときに、ある程度調べたけど、そのときの感触ではじいちゃんにはいくばくかの貯金があるが、株などはない」

「そうなんだね」

「じいちゃんのプラス資産の、もっとも大きなものは、あの家だ。小さいけれどもいちおう東京の庭付き一戸建てだから、それなりの資産と考えられる」

「そう、なん、だね」

「しかし、ひょっとしてマイナス資産があるかもしれない。借金とか、なにか督促状的なものとか、相続するとヤバい系のものが」

「そんなの、あるの？」

「いや、わからない。おそらくないとは思うんだ。しかし、万が一あって、相続のプラマイがマイに傾いた場合は、相続放棄という手段も取りうる」

「放棄？」

「相続放棄をするとしたら、三ヶ月しか猶予がない」

「三ヶ月」

「その三ヶ月を熟慮期間と呼ぶそうだ。なにが熟慮なんだか。ともかく、いずれにしても、じいちゃんの家に行って、あの段ボール箱をひっくり返す必要があると思うんだ」

「なるほど。そうね」

「とくに、あの家を建てたときの書面とか、登記の書類とか、そういうものを見つけ出さねばならない」

「おお、そうだね」

「そのことを、言っておかなければならないと思った」

「うん、わかったよ。初七日過ぎたら、ひろみっちゃんが来て、二階を片づけるのね」

「いや、片づけるとは言っていない」

「ひろみっちゃん、わたし、伯父さんのお酒、けっこう飲んじゃった」

「え？　どういうこと？」

「伯父さんのプラス資産を、かなり飲んじゃったかもしれない」

「じいちゃんの遺した酒を飲んだというの？」

「そうなのよ。どうしよう」

「いや、まあ、それは、どうでもいいんじゃないか？」

「どうでもいいの？」

「わりとどうでもいい。それよりも、沙希ちゃん、あのね」

沙希は酒以外にどんなプラス資産を消費してしまったかを考えようとしたが、次のひとことはまた、別の方向から飛んできた。

「おそらく放棄はしない。あの家を相続することになる。ただし、そうなると、あの家は売ることになる」

「え？　売る？」

「いちばん心配なのは、相続税が払えないくらい高額になることだ。じいちゃんにはちょっと、ほかにも小金がある。相続人はオレひとりだしね」

「う、る」

「相続税の支払い期限は十ヶ月後だ」

「十ヶ月？」

「いままでは、じいちゃんの持ち物だから手をつけられなかった。だから、沙希ちゃんには固定資産税分くらいの家賃をじいちゃんに払ってもらえればと。でも、オレのものになるわけだから、そこはちょっと、そのまんまというわけにはいかない」

沙希は口をきつく結んで、うんうん、とうなずいた。言われていることは全部理解できているが、突然過ぎて気持ちがついていかない。

しかし、博満は、懸案事項を沙希に伝えてホッとしたのか、条文を読み上げるような口調ではなくなった。

「いちばん心配なのは相続税だよ。払うためには家を売るしかないんじゃないかと思ってる。正直、子どもたちも大学に行かせるとなると金がかかるし、うちのマンションのローンはまだ残ってるしさ。狭小住宅とはいっても、売ればそれなりだろう。はっきり言って、金はいくらでもほしい」

ホッとしたついでにそう言ってから、博満はハッとして口をつぐみ、首から徐々に上ってくる血で顔が赤くなった。

「やっぱり、こんなときに言うことじゃなかったな。電話するよ」

と、博満は言った。葬儀の席で金の話をしたことに、自分で気分が悪くなったらしい。

「わかった、だいじょうぶ。初七日過ぎたらね。いつ来てもだいじょうぶだし、電話もいつでもいい。いろんなこと、たいへんでしょ。疲れが出ると思うから、今日はゆっくり休んだほうがいいよ」

「うん、そうする。ありがとう」

沙希は博満とそう言葉を交わして、駅へと歩き始めた。

新幹線で帰れば午後遅めの授業に間に合いそうだったが、休講の知らせを出してきてよかったと思った。

十ヶ月。

売却。

二つの言葉がぐるぐると頭を巡った。

仮住まいなのだから、いつかは出なければならないことは自明だったが、住み始めてまだ一年も経たないのに、そんなことになるとは想像もしていなかった。

沙希にしては珍しく、スジャータのアイスクリームも頼まないままに東京駅に着き、電車を乗り換えて帰路についた。

十日後に博満は上京し、二階をくまなく探して、家の登記済証や設計図面などを発掘した。借金の証書やら督促状のようなものは見つからず、それはそもそも施設に入るときにだいたい調べたので念押しのようなものだったらしい。

売るにあたっては、築四十年以上経って一度も手を入れていない物件では買い手もつかないから、更地にすることになるだろうという話だった。

「更地にして、十ヶ月以内に売却するということ？　だとすると」

「あ、そうだね。沙希ちゃんにも都合があるよな。とりあえず、相続放棄の可能性はなくなったから、三ヶ月以内にどうこうしなきゃっていうのはなくなったけど、沙希ちゃん的にどうかな？　やはり三ヶ月くらい熟慮期間があればいいかな？」

「三ヶ月」

「ごめん。ほんとは、住んでいる沙希ちゃんには居住権があるとは思うんだけど、身内の、契約書もない賃貸関係だからさ」

「うん、そうだね」

「どっか、大学の近くに借りられるよね、ここよりいい物件を」

「いいかどうかはなんとも言えないけど、借りられると思うよ」

「三ヶ月ありゃ、いい？」

「うん、いいよ。いますぐじゃないのはありがたいよ」

「じゃ、その間の家賃は、じいちゃんの口座にじゃなくて、オレに直接ってことで」

「わかった。ひろみっちゃんの口座教えて」

「いや、オレが東京来たときに、直接、現金が望ましい」

「あ、そう？」

「うん。いろいろなことを勘案して、それがベスト。あそこは借り手がいなくて、あくまで空き家であるという前提のほうがいい」

「空き家であるという前提？」

「詳しくは話さないよ。税金関係のことだから」

「わかった。ひろみっちゃんが東京に来たときに現金で渡す」

博満は、様々な懸案事項が片づきつつあることにホッとしたらしく、隣の駅の公園の近くがいいとか、大学の裏の別の公園あたりは閑静だが家賃は高そうだとか、不動産屋を紹介できるかもしれないとか、饒舌《じょうぜつ》になった。

「あ、ひろみっちゃん」

「なに？」

「二階の荷物はどうする？」

「そうだな。たぶん、全部まとめて業者に処分してもらうと思う」

「アルバムも？」

「うん、ちょっと見たけど、取っておかなくてもいいと思ってる」

「じゃ、もらってもいい？」

「アルバム？」

「写真かな。あけび野商店街の古い写真とか。この家のとか」

「好きにして。酒も全部飲んで」

「ほんと？」

「せめて、それくらいは」

博満は博満なりに、沙希に立ち退きをせまっているという負い目のような感覚があるらしかった。

従兄を見送って、沙希は茫然としている自分に気づいた。

よくまあ、ちゃんと受け答えしてたよね、わたし。

庭に出て柿の木に手を添えた。

古い木にびっしりと生えた苔が、柔らかい絨毯《じゅうたん》のような感触を残した。


「先輩、どうかなされましたか？　ぼーっとしてられて」

「心、ここにあらずって感じ」

久しぶりに研究室に遊びに来たマーシーとパティが、沙希の上の空ぶりを指摘する。

「え？　ああ。うん。そうかな」

「かなり、変かも。いつもと比べて」

「お疲れられていらっしゃる？」

「いや、そんなに、られられしていない」

「なんか、あったっすか？」

「いや、ほんとになんでもない」

二人は顔を見合わせて、そんなはずはなかろうというジェスチャーを送りあったが、これ以上、聞くべきではないと判断したのか、マーシーが別の話を始めた。

「来栖先生のプレゼミで、あけび野商店街のことをお調べいたすことになりました」

「あけび野商店街のこと?」

「はい。あけび野商店街の歴史についてと、今後の商店街の方向性についてです」

「へー、おもしろそう。歴史だけじゃなくて、今後のことも?」

「もとはといえば、先輩にあけび野商店街のことを聞いてから、わたしもすっかり、商店街の道路拡張問題に関心をお持ちして。それで、道路拡張問題についてゼミ発表させていただくのはどうかと、先生にお聞きしてさしあげましたら」

「来栖先生が、いいって?」

「はい。近現代史のゼミなので。それはとてもおもしろい発表になるとお思いになるそうで。歴史をお学びする意義は、わたしたちが生きている社会をお考えになることだからと」

「なるほど、それはいい、あ!」

「いい、あ?」

「うん。いい。あのね、思い出したんだけど、わたし、四十年くらい前のあけび野商店街の写真を持ってるよ」

「四十年も前の?」

「そう。なんならデジタルコピーを撮ったらいいんじゃないかな。必要なら」

マーシーはにっこり笑ってスマホを振った。

こうして、沙希はマーシーに写真を見せることになったが、それを見せる場所は沙希の住まいでも研究室でもなく、くるりんのマンションということになった。

なぜなら、くるりんは沙希の「文庫は整理しに来るから、手をつけないでおいて」という言葉を忠実に守って、ぜんぜん片づけないまま二週間置いておいたのであり、いずれにしても早いうちに行かなくてはならなかった。

マーシーはマーシーで、うらはぐさの歴史に関する本を、くるりんに借りたいという意思があり、引っ越しのせいでまだ段ボール箱に入っているというその本を発掘しに行くというような話になっていたらしい。

くるりんとマーシーの間でどのようなやりとりがあったのかは不明だが、四十年前のあけび野商店街の写真をくるりんも見たいということで、文庫整理とアルバム披露が同時進行で行われることになったのだった。

マーシーが読みたがっていた『ウラハグサシティとベトナム戦争〜市民の記録』というその冊子は、比較的早い段階で見つかったので、マーシーは文庫整理を手伝ってくれることになり、「著者あいうえお順」の文庫棚は無事に完成を見た。

沙希が買ってきたお茶菓子をつまみながら、三人はアルバムを開いた。

「うわー、すごい。こんなだったんですね」

マーシーが感嘆の声を上げた。

「看板が目立つよね。カルピスとか、富士フイルムとか」

くるりんが覗き込む。

たしかにいまと全然違うのは看板の類で、店先に大きく掲げられているものもあれば、往来を通る人に遠くからも見えるようにというのか、店から垂直に張り出すようにして縦長の看板がかけられていることも多い。

「『お口の恋人ロッテ』だ！」

「あ、佐藤製薬のサトちゃんだ！」

「この、おもちゃ屋さんの軒先に吊り下げられてるゴムのボールが懐かしい！」

「なにやってんの？」

仕事から帰ったさるちゃんが、大騒ぎのリビングにやってくる。

「これ、あけび野商店街の昔の写真」

「え？　お、すごい。きれいじゃん。どうしたの？」

「うちの伯父のアルバムなの、これ」

「いや、偶然、ぼく、今日、あけび野商店街の人たちと会ってきたんですよ」

「あけび野商店街の人って？」

「『布袋』さんとか、何人か。商店街の未来を考える会のメンバーですよ。会の名前はカッコ仮称ですが」

「カッコ仮称？」

「正式名称は未定なので。そう、その中に小学校の校長先生もいて、沙希さんの知り合いだって」

「武蔵先生？」

「そう。印象的な名前だった。たけぞうなんだよね、むさしじゃなくて」

ことの次第を整理すると、さるちゃんこと猿渡氏はリサーチ会社を経営しているのだが、まちづくりや地域活性化に関するリサーチャやアンケート調査は専門分野でもあって、くるりんの説明によれば、業界では名の知られた人物であるそうなのだった。

沙希がいっしょに店に行って以降、さるちゃんは頻繁に「布袋」に行っていたらしく、行政や大手デベロッパー主導ではなく、街の仲間で未来を考える会を立ち上げ、未来像作成の基礎となる調査を依頼したいと相談を受けたのだという。

「効率的な調査方法とかアンケート内容の作成とか、あとはいろんなまちづくり事例を紹介することなんかはできるかなと」

「マーシーの研究も役に立つかもね」

「ん？　マーシーの研究？」

そこで、ひとしきり、あけび野商店街の過去・現在・未来、というような内容の話が、くるりん、さるちゃんのマンションで盛り上がりを見せた。

それはそれで興味深くはあったのだが、伯父の家のことは沙希の胸から去らない。

「ね。最近、先輩は、ずっと、ぼーっとしてられるんですよ」

「うん、田ノ岡先生、なにかあったんですか？　文庫をさかさまに入れてたし」

「え？　わたし、そんなことしてた？」

「してました」

「あのね、じつはね。伯父が亡くなってしまってね」

事情を話すと、その場はひどく静かになって、少しして、ぽつんとマーシーが言った。

「もう一つの、テセウスの船問題ですね」

「だけど、更地にしてしまうんだから葛藤はないのでは」

くるりんがそう言って、そしてその場はまたすぐに、しんとなった。


「亡くなりましたか」

丸秋足袋店に報告に寄ると、秋葉原さんは、さみしそうに言った。

「すみません。身内だけで見送って、お香典もお花も辞退すると従兄が言うもので、お知らせするのが遅くなりました」

「そんなことはいいんですよ。ただ、やっぱり、さみしいです。この年になると、どんどん知り合いが鬼籍に入る。慣れませんね、それでも」

秋葉原さんは下を向いた。

三ヶ月以内に引っ越さなければならないこと、伯父の家は解体して、庭もつぶして更地にすることを告げると、伯父が住んでいたころから庭の手入れをしていた秋葉原さんは口をへの字に曲げて、

「そうしなきゃならないんですかねえ」

と、消極的ながら抵抗を示した。

刺し子姫がお茶を持ってあらわれた。

「仕方がないのでしょう。古い家はどこもそうよ。持ち主が亡くなると、あっというまに更地になる。そこに何があったのか、すぐにわからなくなっちゃう」

「仕方がないということがあるのかな。ほんとにそれしか選択肢はないのかねえ」

秋葉原さんは納得できないように何度もそうつぶやいた。

「わたしたちだって、いつも、そろそろかなって言ってるじゃない」

うん、と言って秋葉原さんは下を向いた。

「そろそろって、ここをお売りになるんですか？」

「まあ、それも含めてね。ただね」

刺し子姫は眉間にしわを寄せた。

「ただ手放してしまうのは、やっぱり抵抗があるのよ。丹精込めて育てた屋上菜園もあるし。なにかいい方法は、ないか、上手な遺し方、上手な譲り方、上手な仕舞い方はないのかって、

わたしたちも年ですからね。毎日、そればっかり考えてるのよ」

屋上の手すりに手をかけて、「なくしたくないなあ」と言った刺し子姫を、沙希は思い出した。

丸秋足袋店を後にして、沙希は家に戻り、庭側の窓を開けた。

秋葉原さんが植えて手入れをしてくれた牡丹が美しく花弁を広げている。

廊下はよく日が当たって気持ちがよかったので、茶の間から座布団を引っ張ってきて座り込み、静かに外を眺めて考え事を始めた。

しばらくそうしていた沙希は、ずるずると姿勢を崩して座布団の位置をずらし、タイの涅槃仏《ねはんぶつ》のような姿勢で横になった。柿の木の向こうに、青い空が見える。

柿の葉が茂って大きくなってきたので、柿の葉寿司を作らなければと思っているのに、諸事に紛れて実行できていない。

柿の葉寿司は沙希の母の得意料理で、新緑のシーズンになると作ってくれた。それが、この柿の木の葉っぱだったことに、沙希は最近になって気づいた。季節になると、伯母がなにやらこまごましたものを詰めた小包を送ってくれたものだったが、その中には、干した芋だとか、乾物だとかといっしょに、ビニール袋に入れた葉っぱが入っているのだ。

緑の葉はきれいに洗って水けを取り、ざるの上に並べられた。

母はどこかから仕入れてきた新巻鮭を小さく切って柿の葉の表に載せ、その上に握った酢飯を置いて包み、丸い寿司桶に詰めて蓋をし、蓋の上から本を二、三冊載せた。手仕事をしている母の脇で、余った寿司飯と鮭の切れ端をつまみ食いするのが沙希は好きだったが、「明日になるともっとおいしくなるよ」

必ず母は言い、そしてほんとうにその通りになった。

柿の葉で巻いたものと、ただの新巻鮭つき寿司飯では、味がまったく違うのだ。

母が亡くなる前の年に、沙希は母が作った最後の柿の葉寿司を東京で食べた。

そのときの柿の葉は、母が友人から分けてもらったもので、鮭は新巻ではなかった。新巻はアニサキスが心配なので生食はしないで欲しいと鮮魚店の人に言われて、母は刺身用の鮭をさくで買い、塩でしめてから寿司にしたのだと言っていた。

沙希はむくりと起き上がり、台所に鋏と竹かごを取りに行き、サンダルをつっかけて庭に出た。

そして柿の葉一枚、一枚を吟味し、横にも縦にも大きくてしっかりしていて色の美しいものを選《よ》ってかごに落としていった。そうしながら、博満に家を売ると告げられて以来、ずっと頭の片隅によぎっていたことを考え続けた。

そうよ。やってやれないことはない。まず、仕事を安定させて、収入を確保する。簡単にはいかないかもしれないが、方法はあるだろう。三十年働いて生きてきた、貯《たくわ》えだって多少はある。それから、スティーブンのテンバガーが、ある。まだどこか夢の中の話のようではあるが、二万ドルが二〇万ドルになるなんて！　まさにこのことのために降って来たようにすら思えてくる。

葉を二十枚ほど選んで入れた竹かごを台所に戻すと、小さなプラスチックボウルを持ってまた庭に出て、こんどは実山椒《みざんしょう》の収穫にかかった。

山椒の枝にはとげがあり、葉の裏もちくちくと指を刺したので、沙希はまた家に戻って軍手を嵌《は》める。

この家を更地にしたくない。この山椒も、夏になれば出て来るという茗荷も、あの柿の木もなくしたくない。食いしん坊の沙希にとって重要であるだけではなく、柿の老木の苔はエナガの巣を作ったのだ。

実山椒を摘み終わると、沙希はもうぜんと台所仕事を始めた。

山椒の実をていねいに軸から外して、実だけを何度も水でゆすぎ、沸騰した湯に入れる。三十秒ほどで取り出してざるに空け、流水でよく流し、摘んだときに使ったプラスチックボウルに入れて水を張り、灰汁《あく》抜きをする。沙希は舌をしびれさせる感覚が好きなので、灰汁抜きもそんなに時間はかけない。実山椒の処理はこれにて終了。灰汁が抜けたら小分けにして冷凍するつもりだ。

冷蔵庫から生鮭のさくを取り出し、しっかり塩をして鮮魚用のシートに包む。それから、竹かごを取り上げ、選んできた柿の葉を流水で洗う。丁寧に洗ってキッチンペーパーで水分を拭き取り、ざるに並べて廊下に置いた。

米を研ぎ、炊飯器に入れてスイッチを押す。

ここまで作業していったん手ぬぐいで手を拭き、沙希は決心してスマホを手に取った。

トゥルルルル、と、電子音が耳元で鳴り、はい、と相手は応答した。

「あ、ひろみっちゃん？　あのね、じつは相談というか、お願いがあるんだけど、いま、いいかしら？　うん。この、伯父さんの家のことでね。ううん、そうじゃない、そうじゃない。そうじゃなくてね。売るって言ってたでしょう。うん。そう。そうだと思う。それはまったくその通りだよ。心配しないで。わかってるよ、そこは。そう、そう。でね。お願いというのはほかでもないのだが」

沙希は言葉を切って、深呼吸した。

「この家、わたしに売ってくれない？」


残すか残さないか、伐《き》るか伐らないか、壊すか壊さないか。

そうした問題はいつも、いまも、あらゆるところに顕在している。

沙希が博満と交渉して、伯父の家を手に入れるまでにはもうしばらくかかる。

あけび野商店街の再開発計画は、住民の反対や行政予算の削減などさまざまなことがあって停滞するが、その間に住民同士による意見交換は進み、やがて「あけび野商店街の未来を考える会」（仮称）はＮＰＯ法人となり、商店街に事務所を構えることになる。

その事務所となるのは、旧丸秋足袋店の建物で、ＮＰＯ法人の役員には「布袋」の主人や武蔵校長が名を連ね、一階はギャラリースペースで、二階が事務所になる。じつはこの事務所は、あるリサーチ会社の一角に間借りする形になり、つまりはさるちゃんの会社が、旧丸秋足袋店の二階に入り、実務やギャラリーの運営を手伝うことになる。そしてじっさいにその実務に、社員とともに関わるのは、さるちゃんの会社でインターンをすることになる女子大生のマーシーである。

秋葉原さんと刺し子姫は丸秋足袋店のスペースを賃貸にして、二人でシニア向けマンションに移る。秋葉原さんは小学校での「野菜の先生」生活を続け、刺し子姫は刺し子を続けて、インターネットで販売する。「野菜の先生」は子どもたちだけでなく、ＰＴＡの保護者たちという生徒も生み、旧丸秋足袋店の屋上の野菜たちは、この大きな生徒の有志メンバーからなる「うらはぐさ野菜部」が世話をし、時折、一階のギャラリースペースで野菜が販売される。「うらはぐさ野菜部」は旧丸秋足袋店の屋上を拠点にして活動し、小学校での作業の折は秋葉原さんをサポートすることになる。

というようなことは、博満と交渉している時点での沙希には知らされない。

しかし、家の購入と、うらはぐさで暮らしていくことを目標に定めた沙希が、それに向かって邁進《まいしん》しつつ、教員としての日常を生きていたこの年の夏、うらはぐさとも家とも関係のない或る事実が沙希を驚かせた。

沙希があけび野商店街のお気に入りの町中華「あけび野飯店」で、昼飯に冷やし中華をすすっていたとき、その昔ながらの店の壁に取りつけられた薄型テレビのスクリーンには、沙希の知らない女性レポーターによる旅番組だかグルメ番組だかが映し出されていた。

「はーい、みなさん、佐賀といって思い浮かべるのは、イカ？　佐賀牛？　でも、こちらアスパラガス。見事ですねー。アスパラガスも、佐賀は名産地なんですね」

「はい、うまいです。生で齧《かじ》ってみてください」

「甘い！　あまーい！　生だとこんなにジューシーなんですね」

紋切り型のやりとりには閉口したが、画面の左下にあらわれた文字に、沙希は驚愕《きょうがく》する。

「アスパラガス農家・大鹿農園の大鹿康夫さん」

え？　誰？

画面にはがっしりとした体躯《たいく》の、しかし真っ白な頭をした、ぎょろ目の大男が映っている。

「マロイ？」

沙希は思わず叫ぶ。

マロイなのか。ほんとにマロイなのか？

農園主は、レポーターに乞われるままに、天ぷらがうまいとかリゾットを作りましょうとか言って、しきりにうなずいているが、あれはまさしくマロイだ。

生きてたわ、この人。

そのようなわけで、アップダウンを繰り返しつつ、沙希の日常は続く。彼女は食べられる草や実を収穫することに夢中であまり目を留めないが、伯父の家の庭に秋葉原さんが植えたうらはぐさはひっそり生息しており、静かに「未来」を占い続けている。

初出
「小説すばる」
二〇二二年一一月号～二〇二三年七月号
単行本化にあたり、加筆・修正を行いました。

装画　北澤平祐
装丁　鈴木久美

中島京子（なかじま・きょうこ）

一九六四年、東京生まれ。東京女子大学文理学部史学科卒業。出版社勤務ののち、フリーライターに。アメリカ滞在を経て、二〇〇三年『FUTON』で小説家としてデビューする。二〇一〇年『小さいおうち』で直木三十五賞、二〇一四年『妻が椎茸だったころ』で泉鏡花文学賞を受賞。二〇一五年『かたづの！』で河合隼雄物語賞、歴史時代作家クラブ賞（作品賞）、柴田錬三郎賞、同年『長いお別れ』で中央公論文芸賞、翌年の日本医療小説大賞を受賞。二〇二〇年『夢見る帝国図書館』で紫式部文学賞、二〇二二年『ムーンライト・イン』『やさしい猫』で芸術選奨文部科学大臣賞（文学部門）、同年『やさしい猫』で吉川英治文学賞を受賞した。そのほか、著書多数。

うらはぐさ風土記《ふどき》

二〇二四年三月一〇日　第一刷発行

著　者　中島《なかじま》京子《きようこ》
発行者　樋口尚也
発行所　株式会社集英社
〒一〇一-八〇五〇　東京都千代田区一ッ橋二-五-一〇
電話　〇三-三二三〇-六一〇〇（編集部）
〇三-三二三〇-六〇八〇（読者係）
〇三-三二三〇-六三九三（販売部）書店専用
印刷所　TOPPAN株式会社
製本所　株式会社ブックアート

©2024 Kyoko Nakajima, Printed in Japan
ISBN978-4-08-771859-1 C0093

定価はカバーに表示してあります。

造本には十分注意しておりますが、印刷・製本など製造上の不備がありましたら、お手数ですが小社「読者係」までご連絡下さい。古書店、フリマアプリ、オークションサイト等で入手されたものは対応いたしかねますのでご了承下さい。

本書の一部あるいは全部を無断で複写・複製することは、法律で認められた場合を除き、著作権の侵害となります。また、業者など、読者本人以外による本書のデジタル化は、いかなる場合でも一切認められませんのでご注意下さい。

集英社文庫◎中島京子の本

東京観光

アパートの水漏れがきっかけで、下の階に住む男と親しくなったあかり。男はある日、奇妙な相談を持ちかけてきて……（「天井の刺青」）。平凡な日常に魔法をかける、極上の七つの物語。

（解説／榎本正樹）

集英社文庫◎中島京子の本

かたづの！

「戦でいちばんたいせつなことは、やらないこと」を信条に波瀾万丈の一生を送った江戸時代唯一の女大名の一代記。河合隼雄物語賞、歴史時代作家クラブ賞（作品賞）、柴田錬三郎賞受賞作。

（解説／池上冬樹）

集英社文庫◎中島京子の本

キッドの運命

廃墟化し、わずかな高齢者が暮らす高層マンション。そこでは住人が忽然と消えるという都市伝説があり……（「ふたたび自然に戻るとき」）。現代を照射する、著者初の近未来小説、全六編。

（解説／武田砂鉄）